わがまま公爵令息が前世の記憶を取り戻したら
騎士団長に溺愛されちゃいました

CHARACTERS
ウィリアム・
オルグレン
王国騎士団の団長。
文武両道で王子とは従兄弟に当たる。
ルカのお目付け役として
婚約者に抜擢される。
ルカ・
フローレス
フローレス公爵家の嫡男。
美しい容姿だが、あまりの言動の横暴さに
周囲の貴族から嫌われていた。
十八歳の誕生日に前世の記憶を取り戻し、
現在の記憶を全て忘れてしまう。

ヘレナ・フローレス

フローレス公爵家当主イアンの妻でルカの母。
病弱でなかなか子どもに恵まれなかった。
夫のイアンと息子のルカをこよなく愛し、
優しく穏やかな性格。

アシュリー・フェルディナント・ユロニア

ユロニア王国国王グレン陛下の息子で
王子でありながら王国騎士団の副団長。
信用した相手への忠誠心は強く、
優しいところがあり頼まれると断れない。

セス・ブラウン

フローレス公爵家執事。
先代当主から仕え、主にも物怖じせず
言いたいことは言える強さを持つ。
ルカに対しては穏やかな優しいお爺さん的存在。

プロローグ　前世の記憶を取り戻した代償

――ごめんなさい、お父さん！　いっぱいいっぱい謝るから！
だからお願い、ここから出してー！　怖いよー‼　お腹すいたよー‼

「お願いっ、誰か助けてー！」

はぁっ、はぁっ、はぁっ。
ああ、夢か……
怖かった。まだ手が震えてる……顔も汗でベタベタだ。
一体あの夢はなんだったんだろう……
ものすごく怖かった。
僕はふらふらの身体でベッドから降り、近くにあった姿見に自分の身体を映した。

その瞬間、自分の頭の中に大量の情報が流れ込んできた。

「思い出した……あれは、僕だ……」


僕はカイト。

どんな漢字だったかも覚えていないけれど、僕は確か十八歳で生涯を終えたんだ。

物心ついた時にはお母さんと二人っきりで過ごしていた。十二歳の時にできた新しいお父さんになかなか馴染むことができなくて、毎日毎日泣いて謝ってばかりだった。

最初は僕の味方をしてくれていたお母さんも、弟が生まれた頃から僕よりも弟ばかりに目を向けるようになった。

お父さんは、中学校に通い始めて少し身長が大きくなった僕が気に入らないと言って、顔を合わせるたびに僕を殴りつけた。虐待していることがバレると面倒だと思ったようで、その傷が治るまでは外に出してもらえず、学校も休みがちになった。

その後、お父さんは僕の食事が多すぎるから成長するんだとお母さんを怒鳴りつけた。そのせいで、食事はほとんどもらえなくなった。満足に通えないままに中学校を卒業した後は、完全に外の世界と切り離され、小さな納戸で生活させられるようになった。

扉には鍵がかかり、窓も電気もない真っ暗な部屋の中で放置された。扉につけられた猫用の小さな出入り口から猫まんまのような食事を与えられるだけの日々。

最初は夢で見たようにここから出してほしいと泣き叫んだ。でもどれだけ叫んでも出してもらえないとわかってからは、もう声を出すことも諦めた。

耐え切れないほど気温が高い日は裸で床に寝転んで涼を取り、息が白くなるような寒い日は納戸に置いてあったボロボロの段ボールを身体に巻きつけ、部屋の隅で丸くなって過ごした。

もはや自分が人間であることも忘れるほどの生活の中で、けれど僕はしぶとく生きていた。

しかし、何年か経つ内に一日一度あった食事が数日置きになり、最後には水すらも与えてもらえなくなった。

指一本さえ動かせなくなり、床に倒れたまま動けず僕はここで死ぬんだ……そう思った瞬間、数年ぶりに納戸の扉が大きく開いた。

やっと出してもらえる。そんな希望に最後の力を振り絞って必死に腕を伸ばしたけれど、

——どうだ？　成人を待たずに死ぬのは。お前の誕生日なんてもう一生来ないんだよ！

という大声と共に、伸ばした腕を蹴り飛ばされて僕はそのまま命を落とした。

あの継父の嘲笑《あざわら》う顔がカイトの人生の最期の光景だった。

そんな記憶が一気に甦ってきて、僕は震えが止まらなかった。

震える身体で僕はもう一度鏡を見た。

鏡に映る今の僕の髪はふわふわとして柔らかな金色だ。瞳も薄い茶色。

夢の中で見たカイトは真っ黒な髪で真っ黒な瞳をしていたけれど、鏡に映る僕はどう見ても日本人じゃない。でも、顔はなんとなく似ている気がする。

そうか、僕は死んでこの子に生まれ変わったんだ。

カイトの頃の記憶を思い出したせいか、この子がどんな子だったか、今はまだ思い出せない。

名前はなんだったっけ……

必死に今の自分の名前を思い出そうとしながら、よろよろとベッドへ戻った。その時突然部屋の扉が叩かれ、僕は驚きのあまりベッドからドシーンと大きな音を立てて落ちてしまった。

その音に扉の向こうにいた人も驚いたのか、慌てて部屋に入ってきた。

「ルカさまっ！　大きな物音がいたしましたが、お怪我はございませんか？」

「驚かせてごめんなさい。ベッドから落ちてしまっただけなので大丈夫です」

「はっ？　ル、ルカさま？」

その人は目を見開いて驚きつつも僕の手を取って身体を引き上げ、ベッドに寝かせてくれた。

「ありがとうございます」

「あ、あの……ルカさま。どこかお具合でも？」

ただお礼を言っただけなのに、ものすごく心配そうな顔をしている。

一体どうしたんだろう？

それにルカさま？　ルカってきっと僕の名前なんだろうな。

優しそうなおじいさんだけど、この人は誰だっけ？

「大丈夫です。ちょっと怖い夢を見ただけなので心配しないでください」

「怖い夢を？　それでそんなに汗をかかれているのですか？」

汗？　そういえばベタベタしているかも。

「ルカさま、そのままではお風邪を引いてしまいます。お風呂に参りましょう」

「はい。お願いします」

急いで起き上がっておじいさんを見ると僕の言葉にひどく驚いているようだった。

「ルカ、さま……あの、本当に……ルカさまでございますか？」

「――っ！」

思わずビクッとしてしまった。

やっぱり僕がいつもの様子と違うと気づかれちゃったんだ。もしかして追い出されちゃう？

「あの、僕……」

「お顔立ちはルカさまに間違いございませんが、いつものルカさまとは、その……明らかに違いすぎて、何かお心当たりがおありでしたら、どうかこの爺にお話しいただけませんか？」

さっきまでの驚いた表情からこちらを気遣うような柔らかな表情へと一気に変わったおじいさんを見てホッとする。

「あの、信じてもらえないかもしれないんですが……」

僕はついさっき夢で思い出した前世の自分の記憶と、そして今の記憶が全くないことを説明した。

「カイトだった頃の記憶が戻ったからか、その、ルカ？　だった頃のことが思い出せなくて……あなたのことも全然覚えていないんです。本当にごめんなさい」

「まさか、そのようなことがあろうとは……。それにカイトさまがそんなにもお可哀想な目に遭われていらっしゃったなんて……。さぞお辛かったことでしょう」

おじいさんは汗まみれの僕の身体を気にする素振りもなく抱きしめてくれた。

その温もりになんとなく懐かしく、そして嬉しい気持ちになった。

「あの、信じていただけるのですか？」

「もちろんでございますとも!!　あなたさまがルカさまであろうと、カイトさまであろうと、私はあなたさまが幼き頃より見守り続けてまいりました爺でございますぞ」

「嬉しいです。ありがとうございます」

「くっ――!!」

涙を潤ませながらお礼を言うと、おじいさんはなぜか息を詰まらせて顔を真っ赤にした。

「あの？　おじいさん？　僕、何か変なこと言っちゃいましたか？」

気になって尋ねたけれど、おじいさんは顔を横に振っただけで、すぐに笑顔に戻った。

「ルカさま。私のことはセスとお呼びくださいませ」

「セス、さん？」

「セスだけでよろしゅうございますよ。それではお風呂に参りましょうか」

「あ、はい」

セスに手を引かれ、僕は寝室の隣にあるお風呂場へと連れていかれた。

自分で脱ごうとしたら、セスが僕の服のボタンに手をかけ始めた。

「な、何をするんですか？」

「……？　お風呂に入られますのでいつものように私がお手伝いを……」

「だ、大丈夫です！　自分で脱げます」

「ですが、お一人では危のうございます」

「で、でも……ルカって、今いくつですか？」

「ルカさまは明日で十八歳におなりになります」

「十八？　じゃあ、一人で入れるから大丈夫です！」

「ですが、お風呂にはお手伝いの者と共に入り、お髪《ぐし》とお身体を洗わせていただく決まりとなっております」

ええーっ、そんな決まりがあるの⁇

いやいや、さすがに恥ずかしいってば。カイトの時だって小学生になったら一人で入ってたのに。

「無理です、無理です！　あの、本当に一人で入れますから大丈夫です!!」

必死に抵抗すると、セスもしぶしぶ諦めてくれた。

「畏まりました。それではお風呂から出られましたら、お声がけください」

ふぅ……よかった。もうすぐ十八歳になるっていうのに、人前で裸になるどころか身体を洗われるなんて恥ずかしすぎる。

しかも今は自分自身でさえ見慣れない身体だし……

僕はセスがお風呂場から出ていったのを確認して、服を脱いだ。

自分の身体だけど、他人の身体を覗き見しているようで申し訳なくなる。脱衣所にあったタオルで身体を隠しながら中に入った。

「わっ！　広いっ！」

そこにはまるで銭湯のように広々とした浴槽があり、洗い場も含めて想像以上の広さに驚いてしまった。

これが普通の家のお風呂??　ああ、だから湯船が広すぎて溺れるってこと？　十八にもなって危ないってそういうことなのかも。

そうか、そういうことなら余計に気をつけないと！　溺れてセスに来てもらう事態になったらもう一人で入るなんてできなくなるかもしれない。

さっと汗を流し、溺れないように足元を確認しながら湯船に浸かった。

手足を大きく広げてもまだあり余るほど広い浴槽に感動しながら、僕はルカという人物を思い出そうとした。

けれど、やっぱり何一つ思い出せない。

どうしたらいいんだろう……。ルカのお父さんとかお母さんは息子が自分のことを忘れていたらショックだろうな。でも正直に話したほうがいいんだよね。

セスは信じてくれたけど、自分たちの息子が記憶喪失なんて信じたくないと思っちゃうかもな。

はぁーっ。これからどうなるんだろう。

悩んでいても答えは出ないけど、何かしら考えずにはいられない。

とりあえず本当のことを話すしかないか。よし、やるしかない。

僕はザバッと勢いよくお風呂から出て、脱衣所へ向かった。大きくて綺麗な肌触りの良いバスタオルで身体を拭きながら、着替えがないのを思い出した。

「あ、あの……せ、セス……」

身体をバスタオルで包み込んで小声で呼ぶと、すぐにセスがやってきた。

「はい。ルカさま、お風呂はお済みになりましたか？」

「は、はい。あの、着替えが……」

「お着替えはこちらにご用意いたしました。お召替えのお手伝いをいたします」

「えっ？　いや、自分でやります」

「ですが、こちらの服はお一人では難しいかと存じます。それでは下着だけお着けください」

セスは僕に下着を渡すと後ろを向いてくれた。

下着だけでも穿いていたら恥ずかしさも半減だよねとほっとしつつ、急いで下着を着けセスに声をかけた。

セスは表情を変えずにさっと服を着せてくれて、僕はあっという間に王子さまのような服装を身に着けていた。

「さぁ、これでよろしゅうございます」

「あ、ありがとうございます」

なんだか恥ずかしがってる僕がおかしいみたいだ。慣れたら僕も恥ずかしいと思わなくなるのかな？　それにしてもこの衣装、すごすぎなんだけど……

「あの、ここってどういう家なんですか？」

「どういう家、と申しますと？」

「あ、いや……部屋も浴室もあまりにも豪華だし、洋服もすごすぎて一般人ではないみたいだから……どんな方のお家なのかなって」

「ここはユロニア王国唯一の公爵家、フローレス家のお屋敷でございます。ルカさまはこのフローレス家のご嫡男でございますよ」

「ええーーっ⁇　こ、公爵って……確か、王家の次に偉いんじゃなかったですか？」

「はい。よくご存じでございますね。現国王さまでいらっしゃるグレン国王陛下はルカさまのお父さまのお兄さま、つまりルカさまの伯父さまでございます」

「――っ!!」

こ、国王さまが……伯父さま。

な、なんで僕がそんなすごい人のところに生まれ変わったんだ?

「あの、ルカさま？　どこかお具合でも？」

「だ、大丈夫です。ちょっとあまりにも以前の僕の境遇と違いすぎて驚いただけです。あの、セス……それで、僕のお父さんとお母さんはどちらにいらっしゃるのですか?」

「ただいま旦那さまは外に出られております。奥さまは……ルカさまをお産みになってすぐに逝去《せいきょ》されました」

「えっ、それって、もしかして、僕が、生まれたせい……ですか?」

「いいえ、滅相もございません。奥さまは元々お身体が弱かったのですよ。それでもルカさまがお生まれになったのを、それはそれは喜んでおいでございました。ですから、そのようなことを仰せられましたら奥さまがお怒りになりますよ。ルカさまがお幸せになることを奥さまはずっと望んでいらっしゃいましたから」

「はい、ごめんなさい……」

「今のルカさまは、本当に聞き分けが良くていらっしゃる」

「それって、どういう意味ですか？」

「いいえ、なんでもございません。そろそろ旦那さまがお戻りになられますよ」

「お父さん……。いえ、お父さまにも本当のことを言ってもいいですか？」

「はい。でもルカさまが仰らなくても、旦那さまはすぐにお気づきになりますよ」

そうか、そうだな。心が通った家族ならすぐに僕の変化に気づくはずだ。

だって、僕はルカとしての記憶が一切ないんだもん。

「ルカさまはお部屋でお待ちくださいませ。旦那さまがお戻りになりましたら、すぐにご報告に参ります」

「わかりました。ありがとうございます」

何から何まで優しいセスに笑顔でお礼を言うと、セスはまた少し赤い顔をしながら頭を下げ、部屋を出ていった。

第一章　婚約者と初めましてのご挨拶

ウィリアムサイド

「ウィリアム団長、父上の突然の呼び出しはなんだったんだ？」

「アシュリー特別顧問」

「おい、その呼び方はやめろ。私たちは従兄弟だし、実力はお前のほうが上だろうが！」

アシュリーの母ミア王妃と私の母エマは非常に仲のよい姉妹で、同じ年でもあったアシュリーとは兄弟のように育てられた。

王子であるアシュリーは共に王国騎士団に在籍し、特別顧問として団長である私をうまく導いている。公の場では私がアシュリーを「王子殿下」と敬称をつけて呼ぶことを渋々認めているが、それ以外の場所ではアシュリーのほうが私を「団長」とからかい混じりに呼んでいる。

それはアシュリーが私の実力を認めてくれていることの表れでもあった。

「わかったよ」

「それで、父上の呼び出しはなんだったんだ？」

訓練中に陛下からの火急の話があるという知らせが届き、私が飛び出していったから気になっていたんだろう。早く教えろと言わんばかりにせっついてくる。

「縁談だ」

「ああー。お前、結婚には興味がないから誰でもいいと父上に話していたもんな。それで、誰を紹介されたんだ？　前からお前に言い寄っているトレス伯爵家のリリアか？　それともこの前騎士団の練習を見にきて、お前にアピールしまくっていたハリス子爵家のなんていったか……ああ、サレイシャ？」

「ルカさまだ」

私が端的に名前を告げた途端、アシュリーの表情から笑顔が消えた。

「……はっ？　ちょっと待て。今、ルカって聞こえたが、私の聞き間違いか？」

「間違いじゃない。フローレス公爵家のルカさまだ」

「はぁっ⁇　うそだろっ⁇　ウィリアム！　なんでお前があいつなんかと！」

「アシュリー、あいつなんて言うな。陛下とフローレス公爵さま直々のお話だぞ。断る理由もないだろう」

「だからって、なんでお前があんなやつと！　あいつの酷い性格をお前だって知っているだろう？　ルカはお前の相手にふさわしくない！　父上に文句を言ってくるからそこで待ってろ！」

力強い足取りで陛下の元へ向かおうとするアシュリーの腕を慌てて掴まえ、なんとかその場に留まらせた。

「やめろ、アシュリー。もう決定したことだ。今更お前が話したところで覆りはしない」

「お前、それでいいのか？　あのルカだぞ！　そりゃあ顔は驚くほど美人だから見ている分には悪くないが、公爵だって匙を投げるほどわがままなやつだぞ。お前なんか、選ぼうと思えば選び放題なのに、父上はなんでお前にあのルカのお守りをさせるんだ？」

アシュリーがここまで怒りをあらわにするのも無理はない。フローレス公爵家のルカさまといえば、一人息子で溺愛されて育ったためにわがまま放題の暴君だと言われている。

以前、王家主催のパーティーでもジェラール伯爵家のレジーを相手に、無理やり土下座をさせた騒ぎを起こしているため、それが噂ではないのは明らかだ。そんな相手が私の縁談の相手だというのがアシュリーには許せないのだろう。

私自身、陛下から話を賜った時は驚きもしたが、フローレス公爵さまからこの話を受けた後は、すぐにでも公爵家に入って婚約者として生活を共にしてほしいとまで言われた。そうなれば、もう受け入れる選択しかあり得なかった。

「公爵家との縁談は身分の制約もある。伯爵家以上の子息女たちの中でルカさまを大人しくさせられる者がどれだけいると思う？　陛下と公爵さまが私しかいないとお考えくださった上での縁談ならば、その命を全うするだけだ。そうだろう？」

「はぁーっ。ウィリアム……。お前のお人好しな性格はわかっていたよ。仕方がない。せいぜいル力がおかしなことをしないように私も目を光らせてやるさ」

「ありがとう。だが、ルカさまは……」

「んっ？　なんか言ったか？」

「いや、なんでもない。じゃあ、ちょっと準備があるのでこれで失礼する」

アシュリーはまだ何か言いたげだったが、私には時間がない。すぐにでもフローレス公爵家で生活を共にする準備に入らなければならない。私は急いで自宅へ向かった。

「父上。少し急ぎのお話が……」

「なんだ、ウィリアム。突然帰ってきたかと思えば騒々しい。今月は戻らないのではなかったか？」

「はい。ですが、少し……いや、かなり状況が変わりまして」

「どうした？　詳しく話しなさい」

私はできるだけ父上を驚かせないように努めて冷静に話をしたのだが、

「……お、お前が……あの、ルカさまと……結婚？　フローレス公爵家に婿に行くというのか？」

父上は半分血の気が引いた表情で問いかけてくる。

「はい。陛下とフローレス公爵さまからの直々のお話でしたのでお受けいたしました。相談もせず、申し訳ありません」

「……いや、お前が決断したことであれば、私は特に何も言うつもりはない。フローレス公爵がお前に頼むくらいだ、ルカさまの所業によほど困り果てておいでなのだろう。お前がそこまで見込まれたということだろうな。だが、後継はどうなさるおつもりだ？」

「それは……問題ないと仰っておいででした」

この縁談話では私もそこが気になった。公爵家を存続するには必ず跡取りが必要だが、フローレス公爵家にはルカさましかお子がいない。

けれど、男でも孕むことができる王家の秘薬があると公爵は仰っていた。私もその存在を初めて知ったことを考えれば、おそらくその秘薬は王族でもごく一部の者だけが知りうるものなのだろう。

だからこそ、私は父に秘薬の存在を今は黙っていることにした。

「そうか、それなら良い。まぁ、アシュリー殿下にお子が生まれれば、公爵家の後継にもできよう。お前が公爵家に婿に入ることで丸く治まるというのならば、私としても鼻が高い」

「父上、ありがとうございます。それで、フローレス公爵さまはすぐにでも公爵家に入り、ルカさまと生活を共にしてほしいと仰っていまして、私もそうしようと思っています」

「そうか、わかった。結婚前から生活を共にするのは極めて異例ではあるが、公爵さまにも何かお考えがあるのだろう。お前はすぐに荷物を纏めなさい。あちらで必要なものがあればすぐに連絡をしてくれ。オルグレン侯爵家として、お前を送り出すのに必要なものは用意しよう」

「何から何までありがとうございます」

「いや、私にできることはそれくらいだからな。お前も頑張るのだぞ」

「はい。ありがとうございます」

父上がこうもすんなり了承するとは思っていなかったが、相手がフローレス公爵家で、しかも陛下からの直々の縁談とくれば仕方のないところもあるのだろう。

これで憂いなく公爵家に行くことができる。

しかし、肝心のルカさまは私が婿だと了承するだろうか。それだけが心配だ。

＊＊＊

しばらくして、部屋の外が騒がしくなった。きっと、お父さまが帰ってきたんだ。

お父さまって、どんな人だろう……

カイトの記憶にあるあの怖い継父とは絶対に違うとわかっているけれど、どうしても気になって仕方がない。

僕はそっと部屋から出て音の聞こえるほうに向かうと、階段の下でセスが誰かを迎え入れているのが見えた。

「旦那さま、おかえりなさいませ」

「ああ、セス！　これで我が公爵家も安泰だ」

あの人が、ルカのお父さま……。ものすごく笑顔だし、優しそう。

「何か良いお話でもございましたか？」

「ああ。部屋で話そう」

お父さまは嬉しそうな表情を見せると、すぐにセスと一緒にどこかに行ってしまった。

そのままここにいるわけにもいかなくて、僕はそっと部屋に戻った。

部屋にいても落ち着かないのは、ここが自分の部屋だという感覚がないからだろう。僕はソファーに小さくなって座った。

お父さまとセス……今頃、なんのお話をしているんだろう。

なんだかドキドキしてきちゃったな。

すると突然部屋の扉が叩かれ、思わず声を上げてしまった。

「ひゃいっ！」

「ルカさま？　何かございましたか？」

「あ、違うんです。ちょっとびっくりしちゃって……」

「驚かせてしまいまして申し訳ございません」

セスは何も悪くないのに頭を下げるので困ってしまう。

「そんなっ、僕が勝手に驚いちゃっただけですから、気にしないでください」

「承知しました。それでは旦那さまがお帰りになりましたので、ご案内いたします」

「は、はい」

とうとうお父さまと会うんだ。そう思ったら、身体が震えてきた。

すると、セスは僕の手をそっと握った。

「旦那さまはお優しい方ですから、安心なさってください」

セスの優しい笑顔のおかげで少し緊張が和らいだ気がした。

セスと手を繋いだまま、お父さまの部屋に向かう。

「入れ」

その声にビクッとしてしまったけれど、「大丈夫ですよ」とセスの口が動く。

大丈夫、大丈夫。僕は何度も心の中で呟いた。

「旦那さま、ルカさまをお連れいたしました」

「ああ。ルカ、そこに座れ」

「は、はい」

お父さまに言われた通りにソファーに腰を下ろすと、なぜかお父さまは驚いた表情で僕を見ている。僕……何か変なことしちゃった？

不安になってセスを見たけれど、「大丈夫ですよ」とまたセスの口が動く。けれど、やっぱり少し怖くて緊張してしまう。

お父さまが目の前に座ったけれど、その顔を見ることができない。

「ルカ、セスからお前が私に何か話があると聞いたが、一体なんだ？」

低い声で尋ねられて緊張感が増す。

でも、セスがお父さまとお話をする場を作ってくれたんだ。頑張らないと！

「あ、あの……お父さま。僕は、お父さまのことを覚えていないのです。ごめんなさい……」

「覚えていない？　ルカ、それはどういうことなのだ？」

「記憶が……ルカとしての記憶が何もないのです……。でも、僕は……お父さまに嫌われたくない……ぅっ、うっ」

「ルカ……」

突然記憶を失ったなんて突拍子もない話、信じてもらえないかもしれない。

でもお父さまには信じてほしい。

その思いで堪えきれなくなって涙を零すと、お父さまがそっと立ち上がり、僕の隣に座って優しく抱きしめてくれた。

「お前が覚えていることを話してくれぬか？」

その優しい声に安心して、僕はさっき思い出したばかりのカイトの記憶を全てお父さまに伝えた。

それをじっと聞いてくれていたお父さまの指が時折目頭を拭う。

「僕は辛い人生を終え、この新たな世界でお父さまたちと幸せな生活をしていたのでしょう？　でも、僕はそのどれも覚えていないのです。ごめんなさい、本当にごめんなさい……」

僕のために泣いてくれるような優しいお父さまとの思い出を何一つ思い出せないのが辛い。

どうして僕は全てを忘れてしまったのだろう。自分で自分が嫌になってしまう。

けれど、お父さまはそれを咎めることなく優しい声をかけてくれた。

「何を言っているのだ、記憶がなくともルカは私の大切な子どもだ。記憶がなければこれから一緒に新しい記憶を作っていけば良い。そうだろう？」

「お父さま……僕、嬉しいです……」

「ルカ」

大きな身体に抱きしめられると、ものすごく安心する。

カイトだった頃には一度だって感じたことのない感情だ。僕はお父さまの子どもに生まれて幸せに暮らしてきたんだな。

「あっ――!!」

突然、お父さまが大きな声をあげて僕を胸から引き離し、困った表情で僕を見つめた。

「あの……お父さま、どうかなさったのですか？」

「い、いや……まさかこのようなことになるとは思ってもみなかったから……」

お父さまは何やら口をモゴモゴさせたかと思うと、急に真剣な目をして僕を見つめ、ゆっくりと口を開いた。

「ルカ、よく聞いてくれ。其方が記憶を失って不安に思っているところ申し訳ないが、実は其方に縁談がある」

「縁談……？　縁談って、結婚ってことですか？」

そういえばセスが、ルカは明日で十八歳って言っていた。

十八歳って成人だし、この世界では結婚しても不思議じゃないんだろう。

でも僕はまだこの世界も知らないし、そもそも貴族としての教養もない。そんな子どもだけどいいのかな？

お相手は一体どんな人だろう？

お父さまは僕の質問に頷いて言った。

「ああ、そうだ。相手は我がユロニア王国騎士団団長のウィリアム・オルグレン殿だ。きっとルカを幸せにしてくれるはずだ。ウィリアムは――」

「えっ？　騎士団？　えっ……ちょっと、待って、ください。あの、団長さまって、女性ですか？」

「いや、男性だ」

「あ、あの、お父さま……。僕、男ですよ。この世界では男同士で結婚って、できるのですか？」

「ああ、問題ない」

問題ない。そうなんだ……

それが普通だとしたら、ルカとして受け入れなくちゃいけないんだろうな。

「……わかりました。お父さまが仰ることなら、僕はかまいません」

僕の返事に、お父さまはホッとしたように見えた。

それからあっという間に、僕の婚約者であるウィリアムさまが我が家に来る日になった。

とりあえずお父さまとセスからは、記憶喪失になったこと、そして生まれる前の記憶が戻ったことについては内緒にしておこうと言われ、そうすることにした。

だって、急にそんなこと言ったって頭がおかしくなったと思われそうだもんね。結婚したくなくて嘘をついてるんじゃないか？　なんて思われて初対面から印象を悪くしたくない。

だから、僕はこの二日間でお父さまとセスにこの国のこと、そして、ウィリアムさまについて教えてもらい、必死に頭に叩き込んだ。

この国はユロニア王国といって自然が豊かで平和な世界。ウィリアムさまはオルグレン侯爵家の次男で僕の伯母さまにあたるミア王妃の妹の子どもで僕とも親戚らしい。

幼い頃から武術と剣術に精を出し、それが国王さまの目に留まって騎士団に入ったらしい。その後は、メキメキと頭角を現し、王国騎士団最年少で団長へ上り詰めたそうだ。

聞けば聞くほどそんなすごい人が僕なんかの結婚相手だなんて今でもまだ信じられないけれど、公爵家のルカとしてなら当然の相手なんだろう。

僕がうんと小さい時にはこのお屋敷で会ったこともあるらしいし、ほかでも何度か会っているようだけど、十歳以上歳が離れているせいか、そこまで親しいわけではなかったみたい。

きっと、ウィリアムさまにとっては小さな僕とは遊ぶというよりもお守《も》りみたいに感じたのかもしれない。子どもっぽすぎて気に入ってもらえなくて、結婚が破談とかになったらお父さまや国王さまに迷惑かけちゃうだろうし、なんとか嫌われないように頑張らないと!!

でも、どうしよう……なんだか緊張してきちゃったな。

何をするというわけでもなく部屋の中をうろうろとしていると、部屋の扉が叩かれる。返事をするとセスが入ってきた。

「ルカさま。まもなくウィリアムさまがお着きになりますので、応接室にご案内いたします」

「えっ？　玄関でお迎えしなくてもいいんですか？」

「はい。こちらは公爵家ですし、ウィリアムさまは婿に入られるのですから、ルカさまからお迎えにいかれてはウィリアムさまもお困りになるでしょう」

そうなんだ……。それが身分の違いってことなんだろうか？

ウィリアムさまが侯爵家とはいえ、僕よりもずっと年上なのに僕のほうが立場が上なんて、なんか変な感じがする。

お父さまはウィリアムさまが僕を「幸せにしてくれる」相手だと言った。

その場合、僕は妻？　いや夫《つま》なのかな？

結婚して正式にウィリアムさまが僕の伴侶になったら、また変わるんだろうか？

貴族のマナーはまだ全然わからないし、今はセスの言う通りにしておかないと。僕が変なことをしてお父さまやこの公爵家が悪く思われるのだけは絶対に避けなきゃいけないな。

応接室へ入ると、すでにお父さまがソファーに座っていた。

「おお。ルカ、来たか」

にこやかに迎えてくれるお父さまにホッとする。

「はい。お待たせして申し訳ありません」

「いや、気にしないでいい。さぁ、こちらにおいで」

お父さまがすぐ隣をぽんぽんと叩き、僕が大人しくそこに腰を下ろすとお父さまは嬉しそうに目を細めた。

「今日の衣装はまた一段とルカに似合っていて、可愛らしいな」

「お父さまが選んでくださったそうですね。そう言っていただけると僕も嬉しいです」

「おお。そうか、そうか」

お父さまの手が僕の頭を優しく撫でる。

その自然な触れ合いがルカとお父さまの仲の良さを表しているようで、覚えてないのが悔しい。

けれど、お父さまが何も気にせずに僕に優しくしてくれてとても嬉しかった。

「あの、お父さま。ウィリアムさまのことですが……」

「んっ？　どうした？　何か気になることでもあるのか？」

「あの、ウィリアムさまにお会いしたら、すぐに僕がルカじゃないと気づかれてしまうのではありませんか？」

お父さまはもちろん、セスもお屋敷にいる人たちもあまり以前の僕について教えてくれない。きっと何も覚えていない僕が混乱しないように配慮してくれているんだろう。だけど、ウィリアムさまとルカがこのお屋敷以外の場所でも何度か会っていたのなら、すぐバレてしまいそうで怖いんだ。

「なんだ、ルカはそんなことを気にしていたのか？」

「だって、ウィリアムさまが気に入ってくださらなかったら、この結婚がだめになってしまうのではありませんか？」

「大丈夫、今のルカを気に入らないなどと言うわけがないよ」

「えっ？　それってどういう——」

お父さまに聞き返そうとした僕の声は、ノックの音にかき消されてしまった。

「ウィリアム・オルグレンさまがお越しになられました」

セスの言葉に一気に緊張感が増す。

お父さまはそれに気づいたのか、震える僕の手をそっと握った。

「ルカは心配しないでいい。そのままのルカで大丈夫だよ」

その穏やかな声に僕はホッとして小さく頷いた。

「入ってくれ」

応接室の扉がゆっくりと開く。

セスに案内されながら、黒く長い上着に金色の装飾とたくさんの勲章が付いた服を纏った長身の男性がコツコツと靴音を響かせて入ってきた。

彼は一瞬僕と目が合うとハッと息を呑んだが、すぐに冷静な表情に戻り、その場に片膝をついて頭を下げた。

「フローレス公爵さま、並びにご嫡男ルカさま。私はユロニア王国騎士団団長オルグレン侯爵が次男、ウィリアム・オルグレンでございます。此度の縁、誠に嬉しく存じます。不束者ではございますが、どうぞ末長くよろしくお願い申し上げます」

「ああ、ウィリアム。よく来てくれた。今日からは私の息子ウィリアム・フローレスとして、そしてここにいるルカの夫として仲良くしてやってくれ。ほら、ルカ。自分の夫となる者に挨拶を」

「は、はい。お父さま」

ドキドキしながら震える声でお父さまに返事をしてその場で立ち上がると、ウィリアムさまがゆっくりと顔を上げた。

「あ、あの……ルカと申します。僕……ウィリアムさまの良い夫《つま》になれるよう頑張ります」

「えっ？　ル、ルカさま……？」

一生懸命笑顔で挨拶したけれど、ウィリアムさまはなぜか目を丸くして僕をじっと見つめている。

僕の挨拶、どこかおかしかったのかな？

心配になって隣にいるお父さまに目を向けたけれど、お父さまは僕の手を優しく撫でてくれた。

「大丈夫、うまく言えていたぞ」

笑顔を見せてくれたけれど、お父さまは優しい方だ。だから僕をガッカリさせないように言っているのかもしれない。

目の前のウィリアムさまの表情を見ているとどうも心配になってしまう。

「ウィリアム、ルカを……頼むぞ」

「は、はい。お任せください」

お父さまの声にウィリアムさまはビクッと肩を震わせ、慌てたように再び頭を下げた。

ああ、最初の挨拶は失敗しちゃったのかも。きっと印象が悪かったに違いない。

これから精一杯いい夫《つま》をもらったと言ってもらえるように挽回しなきゃ!!

そう思っていたのに、急に部屋の中がしんと静まり返ってしまった。

誰も言葉を発さないし、どうすればいいんだろう……

「あの……早速ですが、私とルカさまの部屋にご案内いただいてもよろしいですか?」

「んっ? あ、ああ。そうだな。では、セスに案内させよう」

ウィリアムさまの声かけに、お父さまは驚きつつも了承した。

「はい。公爵さま、ありがとうございます」

「ああ、ウィリアム、我々はもう親子だから、今日から私を父と呼んでくれていいのだぞ」

「はい、父上」

「うむ、それでいい」

お父さまとウィリアムさまはすっかり打ち解けたように見える。

僕も頑張らないとな。

セスが案内した部屋は今まで使っていた自分の部屋よりもずっとずっと広い。元々僕が結婚した時のために用意してた部屋だそうだ。

「あの、何かございましたらすぐにお呼びくださいませ。ルカさま」

セスは心配そうな表情をしつつ、僕とウィリアムさまを部屋に残して出ていってしまった。

ウィリアムさまと二人、初めての部屋に残されてどうしていいかわからない。

「ルカさま……」

「ひゃいっ――！」

急に声をかけられて動揺して声が裏返ってしまった。恥ずかしい。

「部屋の様子もわかりましたし、次はお屋敷の庭を案内していただけますか？」

「あ、あの……セスを呼びましょうか？」

「いえ、ルカさまにご案内いただきたいのです……よろしいですか？」

じっと見つめられながら言われるとドキドキしてしまう。

「は、はい。僕でよければ喜んで……わっ――!!」

扉に向かおうとした時、急に僕の手を握られて、ビックリして声が出てしまった。

「あ、あの……手……」

「私たちは婚約者を通り越して、すでに夫夫《ふうふ》のようなもの。手を繋ぐくらいかまわないでしょう？」

「は、はい。そうですよね」

とりあえず笑顔を見せながら握られたままにしたけれど、ウィリアムさまの大きくて温かい手に包まれて胸が高鳴る。

そういえば、お父さまとセス以外の大人の男の人と手を繋ぐのって初めてかも……

「では、案内をお願いします」

ウィリアムさまにそう言われ、手を繋いだまま部屋の外に出た。

「どちらへお出かけになるのですか？」

部屋の外で待機していたセスが心配そうに尋ねてきた。

「ウィリアムさまをお庭にご案内してきます」

「それでしたら私もお供いたします」

一瞬セスがついてきてくれるならウィリアムさまとの話も弾むかも……と思ったけれど、

「いや、申し訳ないがルカさまとの仲を早く深めたいので、ここは二人っきりにしていただけないか？」

間髪入れずにウィリアムさまがセスに返した。

「出すぎた真似をいたしまして申し訳ございません。どうぞ、ごゆるりとご散策をお楽しみください」

「では、ルカさま。参りましょう」

深々と頭を下げるセスをその場に残し、僕はウィリアムさまに手を引かれて庭へ連れていかれた。

「ああ、久しぶりだな、ここの庭は。だが、全然変わっていない。あの時と同じようにホッとする」

あっ、庭に着いた途端、ウィリアムさまの口調が変わった。

でもこっちの話し方のほうが僕は好きだな。

「あの……僕も、ここのお庭は好きです。お花も池もキラキラと輝いて、風もすごく気持ちがいいですし。そうだ！　僕、この前、池の鯉に餌をあげたんですよ。ウィリアムさまも餌やりしてみますか？」

笑顔でウィリアムさまを見上げると、ウィリアムさまも一瞬驚きながらもすぐに、にっこりと笑顔を見せてくれた。

「――っ!!」

初めてみるウィリアムさまの笑顔に胸がドキドキする。

「池で餌やりですか？　ああ、池といえば昔、ルカさまが池に落ちたのを私がお助けしたことがあったな。あの時は驚きましたね、ルカさまはずっと泣いていらして……そういえば、あれから池が嫌いになったと聞きましたが、いつの間に池が好きになったのですか？」

「えっ――！」

どうしよう……。間違えちゃったんだ。

こんな時、なんて返したらいいんだろう。ちゃんとセスに聞いておけばよかった。

ウィリアムさまは覚えているのに、僕が何も覚えてないなんて言ったら、きっとウィリアムさまを傷つけてしまう。

でも僕、嘘は言いたくない。

「ルカさま？」

「あの、ごめんなさい。僕、覚えてなくて……。でも、ウィリアムさまが助けてくださった池だから、きっと心の底から嫌いになってはいなかったのかもしれません。だって、ウィリアムさまとの思い出の場所ってことですもんね」

うん、きっとルカだってそう思っていたはずだ。

けれどウィリアムさまは、僕の言葉に返事することもなく、ただじっと僕を見つめていた。

「あの、ウィリ――」

「君は誰だ？」

「えっ――」

「君はルカではないだろう？　だって、池に落ちたのは君じゃない。私だ。君が私を突き落としたんだから、覚えていないはずないだろう？」

えっ！　僕が、ウィリアムさまを、突き落とした？

うそ……。どうしてそんなことを？

「君はあの時、大笑いしてたな。私のそんな情けない姿を晒したのだから、君はきっと覚えていると思ったが、それすらも忘れてしまったか？」

ウィリアムさまから告げられた過去に思わず涙が溢れる。

僕がウィリアムさまにそんな酷いことをしていたなんて……

自分がやってしまったことの酷さに衝撃を隠せず、僕はその場に膝から頽《くずお》れた。

「えっ――ルカ、さま……？」

「ウィリアムさま……ごめんなさい。僕、そんな酷いことを……。謝って許してもらえるだなんて思っていないけれど、本当にごめんなさい、ごめんなさい……」

泣いちゃダメだ！　僕が悪いことをしたんだから！

そう思っていても溢れ出る涙を堪えきれない。涙を流しながら必死に土下座して謝っていると、突然大きなものに抱きしめられた。

ウィリアムサイド

応接室でルカさまと目を合わせたその瞬間から、「違う」と思った。

何が違うとは断言できなかったが、ルカさまの纏っている空気感が、いつもとあまりにもかけ離れていた。違和感を覚えながら、ルカさまも緊張しているのだろう、そう思うことにした。

けれど私の挨拶の後、ルカさまが挨拶をしたあの時に、確信した。

この方はルカさまでない、と。

しかし、だとしたら目の前にいるこの方は一体誰なのだ？　顔がそっくりな別人か？

いや、そんなからかいなど、さすがにフローレス公爵が許しはしないだろう。あのフローレス公爵の目ははっきりとこの方がルカさまだと認識している目だ。ならば一体？

頭の中でいろいろと思い巡らせていると、フローレス公爵から「ルカを……頼むぞ」と強い言葉で圧をかけられた。私が怪しんでいることに気づいたか。

だが、これでわかった。

目の前にいるルカさまは、やはり間違いなく本物だ。

とすれば、なぜあのような態度を取ったのだろう？

ルカさまのあの殊勝な態度の意図がわからず、とりあえず二人きりになればいつもの姿を見せるのでは、と考えた。

あのわがままで乱暴者のルカさまのことだ。いつまでも猫かぶりなどできるわけはない。

そう思って、さっさと我々がこれから住む部屋に案内してもらったが、ルカさまはなぜか落ち着きがなく私に近づこうともしない。

やはりいつもとは違う。それならば本性を出させるまでだと思い、私はルカさまに庭を案内してほしいと頼んだ。

――はっ。なんで僕がそんなことを？　ウィリアム、婚約者になったからといって調子に乗るなよ。

それくらいのことを言うだろうと思っていた。

「僕でよければ喜んで……」

私の予想に反して、少し頬を染めながらルカさまは嬉しそうにそう言ってくれた。そんな彼を見て、可愛いと思ってしまった。だから、つい手を握ったのだ。

払い除けられてもおかしくないのに、ルカさまは声をあげて驚きの表情を見せただけだった。

私たちはもう夫夫《ふうふ》も同然だからとなんとか理由をつけて手を握ったままにしたが、ルカさまはそれを拒むどころか笑顔で返してきた。

私の無骨な手の中にルカさまの小さく柔らかな手がある。まさか手を握るのをこんなにも早く許してくれるとは思わなかった。

どうしてもその手を離しがたく、手を繋いだまま庭へと向かおうとすると、公爵家の筆頭執事でルカさまの世話役でもあるセス殿が声をかけてきた。庭に向かう私たちについてこようとするセス殿をなんとか阻止して二人で庭へ歩みを進めた。

庭に出てわざと素の言葉を出したのは、ルカさまの本心が知りたかったからだ。

侯爵家次男である私が敬語を使わなければ、公爵家嫡男のルカさまは烈火のごとく怒るはずだと思ったが、またしても私の思惑は空回りした。ルカさまは私がそんな話し方をしても咎める素振りはなく、それどころか嬉しそうに笑顔で私に池で餌やりをしないかと誘ってくれたのだ。

ルカさまの行動にも態度にも違和感を持ちつつも、目の前にいるルカさまに惹かれ始めている自分がいる……こんなことではだめだっ！

私は一世一代の賭けに出ることにした。


十年前、ルカさまの八歳の誕生日の祝いのためにこの屋敷に連れられてきた時、ちょうど成人を迎える頃だった私のことも一緒に祝おうとフローレス公爵さまが仰った。それを気に入らなかったルカさまは、私を庭へと誘い出して池に突き落とした。

突然の出来事と、意外と深い池に焦った私はかなり間抜けな姿を晒した。ルカさまはそんな私の姿を見て大笑いし、それから私の顔を見るたびにあの時のことをからかった。これは私とルカさまの思い出の中で一番鮮明に覚えているものだ。

だからこそ、私はわざと嘘の思い出話をした。池に落ちたのが私ではなく、ルカさまだと。プライドの高いルカさまのことだ。自分がそのような目に遭ったと言われて受け入れるはずがない。

――お前の嘘には付き合ってられない。僕がちょっと素直な態度を取ってやれば調子に乗って。また池に落としてやろうか？

本性を出すに違いない。そう思ったのに、ルカさまの反応はまたしても違った。

「あの、ごめんなさい。僕、覚えてなくて……。でも、ウィリアムさまが助けてくださった池だからきっと心の底から嫌いになってはいなかったのかもしれません。だって、ウィリアムさまとの思い出の場所ってことですもんね」

嘘偽りのない満面の笑みでそう話すルカさまの目には、私への愛が感じられた。そんなルカさまを傷つけたくない。

だが、ルカさまがどうしてこのような態度を取るのかわからないままでは、いつまで経っても困惑し、訝しんでしまう。

これから夫夫《ふうふ》として過ごすために、どうしてもルカさまのこの仮面を外さなければいけない。

――君は一体誰なんだ？

私はその答えも聞かないうちに、一気に畳みかけるように事実を話してやった。

池に落ちたのはルカさまではない、私だ。それを見て大笑いしたくせに忘れたのか。

わざと強い口調で言えば、いつものように怒り出すと思った。

だが、ルカさまは一気に顔を青褪めさせ、その場に膝から頽《くずお》れた。その綺麗な瞳から大粒の涙を流しながら汚れることも厭わずに、必死に地面に頭を擦り付けて私に謝罪し続けた。

「ごめんなさい、ごめんなさい……」

ルカさまの口からその言葉が出てきた時、私は自分の行いを恥じた。

私はなんという愚か者だろう。口では本心を知りたい、真意を知りたいと言いながら、目の前のルカさまを見ようともせず、安易にルカさまを傷つけてしまった。

もう私が知るルカさまと違っていてもいいじゃないか。

今までのルカさまであったとしても、自分の罪を悔い改め、涙を流して謝罪しているなら、それでいい。

私が信じるのは目の前にいるルカさまだけだ。

自分の気持ちに整理がついた瞬間、私はルカさまに駆け寄っていた。

「ああ、ルカさま。申し訳ありません。泣かせるつもりでは……」

「ウィリアムさま。僕、とんでもないことを……」

「いいえ、もうルカさまの今の謝罪で全て忘れました。だから、もう泣かないでください」

「でも……」

「ルカさま。私たちはこれでもう本当の夫夫《ふうふ》になったのです。夫夫《ふうふ》は互いに許し合い、そして愛し合うものです。ここから私たちの新しい人生を始めましょう」

私の言葉にルカさまは目にいっぱい涙を溜めたまま、嬉しそうに微笑んだ。

その笑顔があまりにも綺麗で愛しくなり、私は思わず口づけてしまった。

「――っ！　んんっ!!」

最初はそっと触れるつもりだった。

なのに、ルカさまの柔らかくて小さな唇の感触に我を忘れた私は、ルカさまが息を吸おうと唇を開いた一瞬の隙を逃さずに己の舌を侵入させ、蜜のように甘い口内を貪り味わい続けた。

「んっふぅ……んんっ！」

小さな拳で胸を子猫のような力でトントンと叩かれ、ようやく我に返った私はそれでも名残惜しさを感じながら唇を離した。

「はぁっ、はぁっ……」

上気した顔でぐったりと私の胸に倒れ込んでくるルカさまを強く抱きしめた。

「ルカさま。愛しています」

私は愛しいルカさまに愛の言葉を囁きながら、これから何が起ころうと絶対にこの手を離さないと心に誓った。

＊　＊　＊

地面に頭を擦り付け、過去の過ちを必死に謝っていた僕を抱きしめてくれた大きなものが、ウィリアムさまだとは思いもしなかった。

だって、ウィリアムさまは僕のことを怒っていると思ったから。けれど、涙で潤んだ僕の目に飛び込んできたのは、さっきまでの冷たい目とは全く違うウィリアムさまだった。

――泣かせるつもりではなかった。今の謝罪で全て忘れた。だから、もう泣かないで……

僕は決して許されないようなことをしてしまったのに。

ウィリアムさまがこんなにも優しい言葉をかけてくれて嬉しかった。

「私たちはこれでもう本当の夫夫《ふうふ》になったのです。夫夫《ふうふ》は互いに許し合い、そして愛し合うものです。ここから私たちの新しい人生を始めましょう」

ウィリアムさまはなんて素敵な人だろう。

酷い仕打ちをしたのに、許してくれるなんて……

本当なら甘えてはいけないだろうけれど、今までルカがウィリアムさまにした悪いことを全て帳消しにできるくらい、夫としてウィリアムさまを支えて罪を償おう。

ウィリアムさまに酷いことをしたルカを忘れてもらえるくらい、僕は精一杯頑張るしかないんだ。

僕は優しいウィリアムさまの言葉に笑顔で頷くと、急にウィリアムさまの顔が近づいてきた。

えっ？　なに？

そう思った瞬間には、僕の唇にウィリアムさまの唇が重なっていた。

これって、もしかして、キスってやつ？　うそっ！

突然のキスにびっくりして声をあげようとした瞬間、何かが口の中に入り込んできた。

最初、それがなんなのかわからなかったけれど、僕の口の中を動き回り舌に絡みついて吸いつかれて、ようやくそれがウィリアムさまの舌だとわかった。

まるで唇ごと食べられているみたいだ。

でも、ウィリアムさまに吸いつかれたところがなんだかすごく気持ちがいい。

もっと味わっていたい。もっとウィリアムさまを感じていたい。

けれど、その思いとは裏腹にどんどん息苦しくなっていく。我慢できずにウィリアムさまの胸を叩くと、ようやく唇が離れ、新鮮な空気が一気に入ってきた。

あまりの出来事になんだかぐったりと疲れ果てて、僕はそのままウィリアムさまに寄りかかった。

すると、ウィリアムさまが僕の耳元で愛の言葉を囁き、ぎゅっと強く抱きしめてくれた。

ああ、温かい。

人に愛されるって、抱きしめられるって、こんなに胸の奥までぽかぽかするくらい温かくなるんだ。知らなかった。

誰にも愛されず、たったひとりぼっちで真っ暗な部屋の中で息絶えてしまったカイトが、ずっと乞い願っていたその温もりを、そして愛を、ウィリアムさまが与えてくれた。

「ウィリアムさま。僕も愛してます。僕のこと、一生離さないで……」

ウィリアムさまの大きな背中に腕を回して、ぎゅっと抱きしめた。

「ああ、なんて可愛いんだっ!!」

ウィリアムさまは感極まったような声をあげ、僕を抱きしめたままその場に立ち上がった。

「わわっ――！」

急に視界が高くなって怖くてさらにしがみついた。

「大丈夫です。絶対に落としたりしませんから。一生離しませんよ」

ウィリアムさまの口から優しい言葉が降ってくる。

「はい。ウィリアムさま。大好きです」

「くっ――!!」

急に僕から目を逸らし、苦しげな表情を浮かべたウィリアムさまが心配になる。

「あの、大丈夫ですか？　やっぱり僕のこと……」

「いえ、ルカさまが可愛すぎて困っているだけです。あの、そろそろ部屋に戻りましょうか？」

可愛すぎて困っている？

どういう意味なのかよくわからないけれど、僕を嫌いじゃないんだったらそれでいいか。

「はい。ウィリアムさまと僕の部屋に帰りましょう」

「――っ！　ああ、もうっ。ルカさまが可愛すぎるっ!!」

ウィリアムさまは何やらぶつぶつと呟きながら、僕を抱えたままスタスタとお屋敷へ戻り始めた。

「もうお戻りでござっ――！　ルカさまっ！　そのお顔はどうされたのです!?　それになぜウィリ

アムさまがルカさまをお抱きになっていらっしゃるのですか？　どこかお怪我でも⁇」

慌てふためくセスを前に、ウィリアムさまは冷静な口調で声をかけた。

「セス殿、落ち着いてください」

「失礼いたしました。ですが、その……」

セスはハッと我に返って頭を下げたけれど、僕の様子は気になっているみたいだ。チラチラと僕を見つめている。

「ルカさまはどこも怪我などされていません。目にゴミが入って少し涙を流しただけですよ。それに、私がルカさまを抱きかかえるのは、特に問題ないでしょう？　私たちはもう夫夫《ふうふ》ですから」

「――っ！　そ、そうでございますね。失礼いたしました」

ウィリアムさまの言葉にセスは焦ったように頭を下げ、それでも僕を心配している顔をしながらそそくさと離れていった。

「さぁ、ルカさま。私たちの部屋に行きましょうか」

「は、はい」

にこやかな笑顔のウィリアムさまにそのまま抱きかかえられ、さっきの部屋へと戻ると、なぜかウィリアムさまは僕を下ろすことなくそのままソファーに腰掛けた。

「あの、もう下ろしてもらっても……」

「一生離さないで、とルカさまが仰ったんですよ？」

「あ、それは……」

「冗談です。でも、セス殿にも言いましたが、私たちは夫夫《ふうふ》ですよ。その上、新婚ですからずっとくっついているのが普通なんです。ご存じありませんか？」

「えっ！」

あ、そうなんだ。そんなしきたりがあるなんて知らなかった。

僕にはこの世界の常識が全然ないから、ウィリアムさまが教えてくださる知識をちゃんと覚えておかなくちゃ！

それにしきたりとはいえ、ウィリアムさまの傍にずっといられるなんてこれ以上ないくらいに嬉しい。

「僕、何も知らなくてごめんなさい。あの、ウィリアムさま……。僕にいろいろ教えてください。ウィリアムさまの言うことならなんでもしますから、ねっ」

笑顔でお願いすると、ウィリアムさまは急に顔を真っ赤にして僕をぎゅっと抱きしめた。

「ルカさま、私以外の者に決して今の言葉を言ってはいけませんよ。ルカさまの知りたいことは、全部私が教えますから。いいですね」

ウィリアムさまの声がなんだか切羽詰まっているように聞こえて、僕は急いで頷いた。

「ああ、素直なルカさまも素敵ですね」

ウィリアムさまは頷いた僕の頭を優しく撫でながら、にこやかな笑顔を見せた。

今の言葉になんとなく違和感を覚えたものの、褒められて嬉しい。

笑顔を浮かべていると、ウィリアムさまがある提案をしてくれた。

「ルカさま。私たちは縁あって夫夫《ふうふ》になったのですから、お互いに敬語はやめにしませんか？」

「はい。僕もそう思ってました。さっき、中庭で話されていたウィリアムさまの話し方のほうが僕は好きです」

「——っ、そうですか。それなら、二人でいる時はそうしましょう。私のことはウィルとお呼びください」

「ウィル、さま？」

「『さま』はいりませんよ。ウィルで結構です。私たちは夫夫《ふうふ》ですから」

そっか。そうだよね。

僕たちは夫夫《ふうふ》なんだから。

そう考えると心がじんわりとあったかくなる。

「それじゃあ、僕のこともルカと呼んでください」

「ですが、それは……」

「僕たちは夫夫《ふうふ》ですからいいんですよね？」

「はい。では、ルカ。これでいいか？」

ウィリアムさま……いや、ウィルに呼び捨てで名前を言われただけで胸がドキドキする。

「はい。ウィル……。嬉しいです」

ウィルの身体に寄りかかると、さらにぎゅっと僕の身体を抱きしめてくれた。

それからしばらく経って、セスが食事だと声をかけてくれた。いつもより少し早い時間だなと思ったけれど、お腹はびっくりするくらい空いている。

そういえば、朝食も昼食も緊張してあまり食べられなくて、セスがすごく心配してくれていたんだった。お腹が空いているのを自覚した瞬間、『キュルッ』とお腹が鳴ってしまった。

膝に抱っこされてくっついているから、きっとウィルにも気づかれてしまっただろう。恥ずかしくて自分の顔が熱くなるのを感じたけれど、ウィルはそんな僕をからかいはしなかった。

「ルカ、行こうか」

敬語のない、砕けているけれど優しい誘い言葉に、僕はウィルの心の中に一歩踏み出せた気がして嬉しかった。

食事に行こうと部屋を出る時も、ウィルは僕を下ろそうとしない。

「一人で歩けますよ」

「ルカ、新婚なんだからくっついているのが普通だと言ったろう?」

「あ、そうですね」

抱きかかえられたまま部屋の外に出るとセスがものすごく驚いた顔をしたけれど、何も言わなかった。見慣れないだけなんだろうな、きっと。

ダイニングルームに着いても、ウィルは僕を抱きかかえたまま椅子に座った。

さすがにそれは食事がしづらいんじゃないかと思ったけれど、ウィルが離そうとする気配がないから言いにくい。どうしようかと悩んでいる間にお父さまが部屋に入ってきた。

「待たせっ――――！　ウィ、ウィリアム、何をしているのだ？」

「父上もご承知の通り、私たちは交際期間もなく夫夫《ふうふ》になりました。ですから、普通の夫夫《ふうふ》として必要なスキンシップや愛情を確かめ合う時間が足りていません。私たちは一日でも早く父上と亡き母上のような素晴らしい夫婦になるために、これから一緒に過ごす全ての時間を愛を育むことに使いたいのです。父上、お許しいただけるでしょうか？」

「う……む、そう、だな。ルカが嫌がっていないのであれば、私に反対する理由はない」

「ありがとうございます、父上」

「くっ――――！　しかし、ウィリアム。あれまで認めたわけではないぞ。あれは正式にお前を婿として周知してからだ。それはわかっているだろうな？」

「……それは承知しております。しかしそれ以外はお許しいただけたものと、認識してよろしいですね？」

「ああ、かまわぬ」

「ありがとうございます」

ウィルは嬉しそうに僕を抱きしめた。

お父さまとウィルの間で交わされた言葉の意味がわからなくて、僕だけがポツンと取り残されたような不思議な気持ちになった。

「ルカ、ウィリアム、食事にしよう」

お父さまも僕たちのすぐ隣で食事をすることになり、広いテーブルなのに三人とも並んで座る、なんとも不思議な光景だ。

セスとメイドさんたちが手際よく料理を並べていく。

けれど、なぜか僕の前には料理が来ない。

もしかして僕だけご飯が食べられない、とか？

嫌な記憶が甦る。ご飯も与えてもらえず、苦しかったあの日々の記憶だ。

いやいや、そんなわけない。

だってセスもメイドさんたちも、それにお父さまもウィルもみんな優しい。そんなイジワルされるはずない。

そう思いながらも一度芽生えた不安はなかなか頭からなくならない。

僕は悲しくなってウィルの胸に顔を隠した。

「んっ？　ルカ、どうした？　ほら、食事にしよう。『あ〜ん』してごらん」

ウィルの優しい声にびっくりして顔を上げると、僕の目の前にフォークに乗った料理があった。

「えっ？」

「んっ？　ほら、ルカ。『あ～ん』」

驚いたまま、口を開けるとウィルは笑顔で料理を食べさせてくれた。

「どうだ？」

「美味しい……」

「そうか、よかった。料理は私が全部食べさせてあげるから、ルカは口を開けるだけでいいよ」

そう言われてわかった。どうして僕の前に料理が並ばなかったのか、が。

きっと、抱っこされた人はみんな料理を食べさせてもらうのが普通なんだろう。だから、料理はウィルの前にだけ置かれたんだ。

そうか、それもこの世界の常識なんだろうな。

なんだ、みんなに嫌われている、イジワルされているなんて思ってしまって恥ずかしい。

ここの人たちはみんな優しい人ばかりだから、そんなことするわけないよね。

きっとルカが良い子だったから、みんなに好かれていたんだろうな。

僕はルカに感謝せずにはいられなかった。

僕が雛鳥みたいに口を開けると、すかさずウィルが料理を運んでくれる。

なぜか僕が食べたいと思うものを順番に口に運んでくれるんだ。本当に不思議だ。

「あ、あの……ウィル」

「どうした？　どれか食べたいものがあるか？」

「ううん、あの、そうじゃなくて、ウィルもちゃんと食べないとお腹空きますよ」

「――っ、私を心配してくれているのか？」

「だって……」

「大丈夫だよ。私もちゃんと食べているから。ほら」

ウィルは自分のお皿を僕に見せてくれた。

一体いつの間に食べていたんだろう。お皿は空っぽになっていた。

僕にも絶えず食べさせてくれていたのにすごいな。

「今までの料理も全部食べているから心配しなくていいよ、ルカは優しいな」

「だって、ご飯が食べられないのは本当に辛いことだから」

「んっ？　まるで実際に食べられなかった経験があるような口ぶりだな」

「えっ――、それは、そ、の……」

こんなすごいお屋敷に住んでいて、お父さまやセスたちに可愛がられて育ったルカに、ご飯を食べられなかったなんて経験があるわけがない。

どうしよう。ウィルになんて言ったらいいんだろう……

「悪戯をして何度か食事を与えなかったことがあるからな。そのことがよほど辛くてトラウマになったのだろう。なぁ、ルカ」

「ああ、なるほど。確かにそれはあるかもしれないな」

お父さまがそう助け舟を出してくれたおかげで、ウィルも納得した。

よかった、お父さまの機転で気づかれずに済んだみたい。

でも、本当はきっとルカに食事を与えなかったことなんてないんだろうな。

だって、ルカはお父さまやこのお屋敷の人たちに愛されているもの。

なんとかボロを出さずに食事を終え、僕たちは部屋へ戻ろうとした。

ウィルが当然のように僕を抱きかかえてダイニングルームを出ようとすると、背後からお父さまの声が聞こえた。

「ウィリアム、先ほどの約束……決して違《たが》えるでないぞ」

あまり聞いたことのないお父さまの低い声。

少し顔を強張らせたお父さまと違って、ウィルは余裕たっぷりに満面の笑みで返した。

「お約束は必ずお守りいたします。ですが、それ以外は認めていただいたはずです。父上も先ほどはっきりとそう仰いましたよね？」

「ぅぅ――、わかっておる。だが、決して無理強いをしてはならぬぞ」

「もちろんでございます。それでは失礼いたします。ルカ、父上におやすみのご挨拶を……」

「あ……はい。あの、ウィル。下ろしてもらえますか？」

「んっ？　挨拶だけだから、ここでいいだろう？」

「えっ？　ですが、お父さまへのご挨拶は頬にキス……あ、いや、口づけするのが我が家の決まりなのです」

「なにっ？　ルカの口づけを父上に？」

ウィルがさっとお父さまを振り返ると、お父さまはスッと目を逸らして顔を背けた。

ウィルの表情は見えないけれど、一体どうしたんだろう？

「はぁーっ」

ウィルはなぜか大きなため息を吐《つ》いてから、僕をそっと下ろした。

「ルカ、父上にご挨拶を」

「はい。あの、お父さま。おやすみなさい」

僕はお父さまに駆け寄り、グッと背伸びをして、屈んでくれたお父さまの頬におやすみのキスをした。この一連の流れが公爵家の決まりだそうで、記憶が戻った日の夜に教えてくれたものだ。

「ああ、ルカ。おやすみ。いい夢を見るんだよ」

僕の唇がお父さまの頬にあたると、お父さまは嬉しそうに笑って僕の頬にもキスをしてくれた。

最初はとても恥ずかしかったけれど、この時間がすごく幸せで胸が温かくなる。

ウィルは僕とお父さまの挨拶が終わるとすぐに僕を抱き上げた。

「では、ルカ。部屋に行きましょうか。父上、おやすみなさい」

「えっ？　ウィルはお父さまにご挨拶はしないのですか？」

「えっ？」

「なんだと……？」

そのまま歩いていこうとするウィルに問いかけると、ウィルどころかお父さまも驚いたような声をあげた。

んっ？　なんで？

僕、おかしいこと言った？

「どうして私たちが？」

「えっ、だって、公爵家の決まりでしょう？　ウィルも今日からお父さまの息子になったから、ウィルもお父さまにご挨拶をしなければいけないですよね？　それとも、ウィルはまだ家族ではないのですか？」

「うっ、いや、それはだな……」

「ルカ……」

お父さまとウィルは二人して押し黙る。

なんだか硬直した変な空気になって僕は悲しくなった。

もしかしてお父さまとウィルは本当は仲が悪いのだろうか。

僕は二人にも仲良くしてほしいのに。

思わず涙が滲んできた。

「あ、いや……違うんだ。今日から私も公爵家の一員になれたと思ったら緊張してしまったんだ。父上、私もご挨拶させていただいてもよろしゅうございますか？」

「あ、ああ。ウィリアム。其方も私の大事な息子だからな」

「はい。ありがとうございます。それでは父上、おやすみなさい」

「ああ、おやすみ」

ウィルは僕を腕に抱いたまま、お父さまに近づきそっと唇を当てると、お父さまもまたウィルの頬にそっと唇を当てた。

そっか、お父さまもウィルも同じくらいの身長だ。背伸びしなくても、屈んでもらわなくてもキスできるのはいいなぁ。

「ルカ、これでいいだろう？」

「はい。これでウィルも家族ですね。あの、毎日こうやってウィルに抱きかかえてもらえるなら、ウィルと僕と両方からお父さまにご挨拶できますよ」

「両方から？」

「はい。目線も同じだし、わざわざお父さまに屈んでいただかなくともできますね」

「ああ、それはいい考え――」

「いや、これは一人ずつきちんと挨拶しなければな。我が家の決まりだから、ウィリアムにも馴染んでもらおう」

お父さまにいつも屈んでもらうのが申し訳ないから、いい考えだと思ったんだけど。

まぁ決まりだから仕方ないか。

ウィルも僕の意見に同意してくれようとして優しいな。

でもここはお父さまの意見に合わせたほうがいいんだろうな。

「わかりました。お父さま、それでは明日からも屈んでくださいね」

「――っ、ああ。ルカ、もちろんだよ。おやすみ」

「はい。おやすみなさい」

ようやく夜の挨拶を終え、僕たちはダイニングを出て部屋へ向かった。

「ウィルもお父さまにご挨拶できましたし、これで本当に家族ですね」

「あ、ああ。そうだな。嬉しいよ、ルカのおかげだ」

「僕も嬉しいです」

ああ、家族が増えるって幸せなんだな。

「ルカ、今日はいろいろあって疲れただろう。風呂に入ってゆっくり休むとしよう」

「はい。そうですね」

ウィルは嬉しそうに僕を抱きかかえたまま、寝室の隣にある扉を開いた。そして、脱衣所に置いてあった椅子に僕を座らせると、手際よく僕の上着を脱がせ始める。

えっ？　なんで僕、ウィルに脱がせてもらっているの？

「あ、あの……僕、一人でお風呂に入ってるんです。だから、これからも一人で……」

「えっ？　ルカは一人で入っているのか？　まさか、そんなことは」

「いえ、本当です。僕も大人ですし。だから、一人で大丈夫です」

もう何度も入っているから大丈夫だと思ったけれど、ウィルは顎に手を当てて何かを考え、真剣な表情を僕に向けた。

「ルカ、一人でいたときはともかく、夫夫《ふうふ》になったからには一人で入ってはいけないのだよ」

「ええーっ、そんな決まりがあるのですか？」

「ああ、セス殿から教えられていないか？　私との結婚が決まったのも急だったから、ルカには教えることがいっぱいで夫夫《ふうふ》のしきたりの一つ一つまで教える暇がなかったのかもしれないな」

「そう、なんですか……」

ええーっ、セス……。ほかのことは忘れてもいいけど、お風呂みたいな重要なことは教えておいてよぉ！　せっかくこの前セスと交渉して、一人でお風呂に入れるようになったのに。

今日からはウィルと一緒だなんて、なんだかすっごく恥ずかしいんだけどな。

「ルカは私と一緒に入るのは嫌か？」

「い、嫌とかそんなんじゃない、です。あの、でも、ちょっと恥ずかしくて……」

「恥ずかしい？」

「は、はい。だって、人前で裸になるなんてそんなこと……。あの、ウィルは恥ずかしくないのですか？」

「うーん、恥ずかしいと思ったことは一度もないな。子どもの時は私も爺に洗ってもらっていたし、騎士団に入ってからは遠征で野宿することもある。汚れれば団員たちと川で汗や汚れを洗い流すこともあるから、恥ずかしいという感覚があれば、団長は務まらないな」

確かにそうかも。集団で生活している以上、裸が恥ずかしいなんてそんなこと言ってられないか。なんといってもウィルは騎士団の団長だもんね。

「そう、ですよね……。でも、僕、人と一緒にお風呂に入るのにはなんだか慣れなくて」

カイトだった頃はどんなに望んでもずっと一人だったから。

それが当たり前になっちゃったのかもしれない。

「そうか。だが、私たちは夫夫《ふうふ》だよ。ほかの大勢と裸で交流する必要はないが、私とは入ってもいいのではないか？　お互いに仮面を外して、何も持たずに己を曝け出す時間はこれから先、夫夫《ふうふ》として長い時間を歩む私たちには必要ではないか？」

「お互いに、仮面を外して曝け出す……」

「そうだ。私はルカを愛してる。だが、まだ私に言えないこともあるだろう？　私も同じだ。今日会って気持ちは通じ合ったが、心の奥深くまで通じ合ったとは言えない。それを少しずつ曝け出していかないか？」

以前の僕《カイト》はお父さんに酷いことをされていることも、お母さんに助けてもらえないことも、友達にも先生にも誰にも何も言えずに隠してた。

親に優しくしてもらえなくて可哀想だと思われるのが嫌だった。

自分は可哀想なんかじゃない！

そう思うことで自分を奮い立たせていた。

それしか自分の心を保ち続ける方法がなかったんだ。

ルカはどうだったんだろう？

優しいお父さまとセスを始め、すごくよくしてくれる使用人さんたちに囲まれていて、僕には幸せしかないように見える。

だけど、ウィルに以前、あんな酷いことをしてしまった事実を知ると、ルカにも何かあったのかもしれない。

お父さまとセスは、ウィルには記憶を失ったことはまだ黙っていたほうがいいと言ったけれど、全てを曝け出すためには言ったほうがいいんじゃないだろうか……

それは、僕がルカを思い出すためにも必要なことなのかもしれない。

ルカじゃないとわかってウィルに嫌われてしまうのは辛いけど、僕を愛してると言ってくれた言葉に、ほんの少しでもカイトの僕が含まれているなら僕を受け入れてくれるかもしれない。

これから先ずっと一緒にいたいと思った人に隠し事はいらない。

そうだ。今がきっとその時なんだろう。

ウィルにきちんと話をする、その時が来たってことだろう。

よし！　僕がそう心の中で決心した時、頭の中で何かが呼びかける声が聞こえた気がした。

「……ト、カイト……こちらへ、いらっしゃい……」

なぜか聞き覚えのある声に誘われるように「は、い」と声を上げた瞬間、僕はその場に倒れてしまった。

「ルカッ？　どうしたんだっ！　目を開けてくれっ！　ルカッ!!」

薄れゆく意識の中で、悲痛な声で僕の名前を呼び続けるウィルの声だけが耳に残って離れなかった。

第二章　魂の入れ替わりと甘い蜜

「おいっ、起きろっ！　いつまで寝転がってるんだよっ！」

耳にスーッと入ってくる綺麗な声なのに、なぜか怒っているような強い口調の声の持ち主に身体を揺さぶられ、僕は目を開けた。

するとすぐ目と鼻の先に、この数日で見慣れた自分の顔が現れ、僕は思わず大声を上げて起き上がった。危うく頭突きしそうになったけれど、目の前の僕はスッと身体を逸らし、ぶつかりはしなかった。

「危ないな、気をつけろよ」

どこからどう見てもついさっきまで鏡の中で見ていたルカの顔なのに、その口調は僕とは似ても似つかない。目の前にルカがいるってことは、今の僕は誰なの？

慌てて顔をペタペタと触っても違いはわからない。

どうなっているのか何もわからず、もう頭がおかしくなってしまいそうだ。

「なっ――、えっ、ちょっ――、ここ、どこ？　これっ、えっ？　君は――僕？　なに、ど、どうなって――」

「はぁーっ、いいからちょっと落ち着けよ」

パニックを起こしている僕をよそに、ルカの顔をしている目の前の少年は、綺麗な顔に似合わない口調で大きくため息を吐《っ》いた。

「ちゃんと話してやるから、こっちに来いよ」

彼がスタスタと歩いていくのを慌てて追いかけたけれど、なんの足音もしない。

ここが一体どこなのかもわからないまま、僕は彼の後を追いかけるしかなかった。

「ねぇ、どこまで行くの？」

「いいから黙ってついてこいって」

そう言われてはどうしようもない。場所を聞くことは諦め、ひたすら彼の後を追いかけた。

「ほら、着いたぞ」

彼の歩みが止まって、声をかけられたけれど、周りはさっきの場所とは全く変わりないように見える。だだっ広い空間の中をただがむしゃらに歩いていただけのような気がするけれど、ここは一体どこなんだろう？

「おおーい、連れてきたぞーっ！」

彼は突然大声で叫び始めた。

すると、どこからともなくスーッと光が差し込んで、僕はあまりの眩しさに目を瞑ってしまった。

「カイト、目を開けなさい」

ついさっき聞いたような優しげな声につられるように目を開けると、そこには真っ白い衣装に身を包んだ美しい人が立っていた。

「ようやくあなたに会えました」

けれどにっこりと微笑むその人に見覚えがない。

「あ、の……あなた、は誰、ですか……？」

僕の質問に、優しく微笑む美しい人の隣で彼が眉を顰《ひそ》める。

「わからないのか？　母上だよ」

「母上……って、ルカの、お母さん、ってこと？」

「そうだって言ってんだろ」

「ほら、ルカ。その口の利き方はなんですか？　おやめなさい」

「ちっ、はい。ごめん、なさい」

「もう、素直じゃないんだから」

なんだかすごく仲が良さそうな二人を前にして、僕は何も話すことができない。ただ黙って二人のやりとりを眺めていた。

ルカとお母さんってこんな感じなんだ。こんなふうに言い合えるなんて羨ましい。僕とお母さんとは全く違うな。あ、でもお父さんと結婚する前のお母さんは、ルカのお母さんと同じように、いつも笑顔を見せていた気がする。

そうだ。叱っても最後には抱きしめて笑顔を見せてくれた。

でも、継父が来てからは僕に笑いかけてくれなくなった。

最後に笑いかけてくれたのって、いつだっけ？　もうそれも思い出せない。

「ごめんなさいね、カイト。急にここに連れてきてしまったことを許してちょうだい」

「いえ、いいんです。僕もルカとお母さんに会えて嬉しいです」

「ありがとう。実はね、あなたにどうしても話しておきたいことがあって来てもらったの」

「どうしても話しておきたいこと？　ってなんですか？」

ルカのお母さんはにっこりと微笑みながら、ゆっくり話し始めた。

「私はね、生まれた時から身体が弱くて本当なら子どもを産める状態ではなかったの。でも、夫、イアンと出会ってお互いに好きあって、どうしても彼の血を引く子どもが、彼の跡を継ぐ子どもが欲しかった。だから、自分の命と引き換えても子どもが欲しいと毎日毎日神に祈り続けたわ。そして十年間、毎日欠かすことなく祈り続けた結果、ようやく神のお許しの声が聞こえたの。私に子どもを授けてくれるって」

そうか、その子がルカなんだ。

本当に心から愛されて生まれてきたんだな。

「けれど、それには条件があったの」

「条件、ですか……？」

「そう。その子の魂にもう一つの魂を合わせて蘇らせること。つまり、カイト、あなたよ」

「僕？」

僕の名前が出てきた途端、ルカがピクリと肩を震わせるのが見えた。

ルカのお母さんはルカをギュッと抱き寄せ、話を続けた。

「異世界で親に愛されずに苦しみ続けて亡くなったのに憎みも恨みもしない綺麗な魂を持つ子がいる。その子にもう一度人生をやり直させてあげたい。けれど、異世界からは魂しか運べないから、私に授ける子どもに、カイトの魂を一緒に合わせて蘇らせたいと神は仰った。それでもよければ、私に子を授けようと」

声は僕のお母さんに似た響きを持っていた。記憶の奥底にある優しく温かな声。

「条件を呑むしか選択はなかったというよりは、私はあなたの境遇を知ってぜひやり直させてあげたいと心から思ったの。優しいイアンの子どもになれば、必ず愛されて幸せな日々を過ごせるはずだったから」

だったら、僕は……これまでずっと、ルカと一緒にいた？

「あの、じゃあずっと僕はルカの意識の中にいたってこと、ですか？　でも、僕はルカのことを何も思い出せない。どうしてなんですか？」

これまでずっとルカと一緒にいたのなら、きっと楽しかっただろうに。

その記憶すら失くしてしまったの？

「ルカはね、元々十八年しか生きられないと決まっていたの」

「えっ？　十八年って、どう、して……」

「私の残った寿命十八年と引き換えに生まれたからよ。そして、その後カイトの魂と交代することになったの。だから、この十八年の間、カイトはルカの中で静かにその時を待っていたというわけ。そして、先日約束の十八年が経過してルカはいなくなり、カイトの魂が表に出てきたの」

「じゃ、じゃあ……もう、ルカは現れないってこと、ですか？」

「そういうことになるわね。これからはカイトがルカとして人生を歩んでいくの」

「でも、君はそれでいいの？」

お母さんに抱き寄せられながらじっと話を聞いていたルカに僕は声をかけた。

「いいも何も、決まっていたことだからしょうがないだろ」

「でも、お父さまもセスも、それに……ウィル、だってルカに会えるのを楽しみにしているのに」

そうだ。みんなに愛されていたのは僕じゃない。ルカなのに……

僕がルカの人生を奪い取って生きていくみたいな、そんなことしていいわけない。

「お前、どれだけお人好しなんだよ」

「えっ？　だって……」

「お前は何も聞いていないかもしれないけど、僕は嫌われてたんだ」

「嫌われてた？　うそっ、なんで……？」

「僕は八歳の誕生日に、今、お前が聞いた内容と同じことを母上から夢の中で打ち明けられたんだ。これから十年、後悔のないように思いっきり生きなさいって。でも、僕は自分が成人を迎えられずに死んでしまうんだって思ったら、嫌になって怖くなって……。僕の誕生日祝いに来てくれていたウィリアムが成人を迎えたって聞いて、僕はその歳まで生きられないのにって思ったら無性にムカムカしたんだ……気づいたら池に突き落としてた。悪いことをしたとは思ったけど、理由も言えなかったし、誤魔化すために笑うしかなかったんだ」

まだ八歳のルカには辛い話だったろう。僕みたいに驚くことだけじゃなく、自分が死んでしまうって話だもんね。それは暴れたくもなるかもしれない。

ウィルを池に落としたのにはそんな経緯があったんだな。

「それからは、どんなに優しくされても良くしてもらっても、どうせ成人にもなれずに死ぬんだって思ったら、馬鹿らしくなったんだ。わがままをいっぱい言って困らせたり、いっぱい暴れてたりしたら、僕がいなくなっても思い出話くらいは残るかな、なんて思うようになって、気づいたら歯止めが効かなくなってた」

ルカは言葉を切って俯いた。

「何にも考えずにただ暴れたり、わがまま言うようになって、お父さまとセスが困ってるのもわかってたのに、止められなかったんだ。だから、今、ルカがお前みたいな良い子になって、ホッとしてるよ。もう、すぐにみんな、僕のことなんか忘れてしまう」

「ルカ……」

「お前は良いよな、これから楽しい人生で。僕は忘れ去られるだけだ、お父さまにも、セスにも……。こんなことならわがまま言わずに、お父さまともっと話をすればよかった……。僕は馬鹿だったんだ。せっかく母上が後悔しないようにって教えてくれたのに」

ルカの悲痛な声が胸に突き刺さる。僕は彼になんと言ったら良いんだろう。

「それに……意識がないはずのお前が時々出てきて、僕を注意してくれたのにな」

「えっ？　僕が……？」

「ああ。ウィリアムの背中を押して池に落とした時も、そんなことをしてはダメだと頭の奥でお前の声が聞こえた。あのとき、すぐにセスに声をかけてウィリアムを助けたのもお前の指示だ。あれから幾度となくわがまま言って暴れると、最後の最後にはお前が僕を制御してくれた。もし、あれがなくてもっとやりたい放題やってたら、僕はとっくの昔に公爵家から本当に追い出されてたかもしれない。最期のあの日まで公爵家にいられたのはお前のおかげなんだ。ただ、僕のやってきたことで、お前が無理やりウィリアムと婚約させられて申し訳なかったとは思っているけど……お前には感謝してる」

「ルカ……」

僕はルカの人生を奪って申し訳ないという気持ちでいっぱいだった。けれど、僕がいたことでほんの少しだけでもルカのためになっていたなら少しは救われる思いがした。

「お前は前の人生で僕なんかが想像もつかないほど辛い思いをしていたと聞いた。だから、これからは僕の分まで精一杯楽しんでくれ」

「じゃあ、本当にルカは……もう、僕の中には出てきてくれないの？」

すでにルカのことをずっと一緒にいた兄弟のように感じているのに、これがルカと話ができる最初で最後だなんて寂しすぎる。

「お前は本当にお人好しすぎるな」

「だって……」

僕たちが顔を見合わせていると、幸せそうな笑い声が聞こえた。

「やっぱりカイトは魂の綺麗な子なのね。神がわざわざ異世界から魂を連れてくるだけのことはあるわ」

ルカのお母さんにそんなふうに褒められてなんだか恥ずかしい。

「カイトがこれからいっぱい幸せになってくれたら、またルカと会えるわよ」

「えっ？　それってどういう意味ですか？」

「カイトがウィリアムと幸せになったら、ルカは二人の子どもとしてまた人生を歩むことができるの。そうしたらルカもきっと幸せな人生を送れるわ」

「僕と、ウィルの、子ども？　えっ？　いやいや、僕、男だから子どもは産めませんよ」

「大丈夫、王家には神が授けた秘薬があるの。それを使えば、カイトにも子どもができるわ」

うそっ――！　僕に子どもが⁇　そんなことってあるの？

「それがあるからこそ、イアンとグレン国王は二人の結婚を決めたのだから」

えーっ！　僕、そんなこと聞いてないけど……

一気に表情の変わった僕を心配して、ルカが声をかけてくれる。

「お前がどうしてもウィルとの結婚をやめたくて仕方がないなら、母上は神様に頼んでくれるそうだけど、どうする？」

「でも、僕が子どもを産まないと、ルカと二度と会えないんだよね？」

「そう、だけど……。お前は、今までに十分辛い思いをしてやっと父上たちと幸せに過ごせるようになったのに、僕のために嫌な結婚をして無理して子どもなんて産む必要ないよ。そもそも、お前がウィリアムと結婚させられる原因も、今までの僕の素行が悪かったせいだし、本当ならお前が心から好きになった人と結婚するのが幸せだろ？　だから、僕のことは気にしないでいい……」

だんだんと声が小さくなるルカを見ていて、僕は愛おしさが込み上げてきた。

ルカはわがままでもなんでもない。本当は良い子なんだ。

こんな子が新しい人生を歩めないなんてそれこそ可哀想すぎる。

「ルカ、ありがとう。僕のことを心配してくれて……」

「ちがっ――、僕は、別に心配なんか――！」

真っ赤な顔で否定するルカが可愛くてたまらない。

「大丈夫！　僕、ウィルが好きになっちゃったんだ」

「えっ――？」

「だから、僕……いっぱい幸せになって、またルカに会えるように頑張るよ。って、どうすれば子どもができるのかわかんないけど、ウィルは知ってるんだよね？　ウィルに任せておけば、またルカに会えるんだよね？」

「えっ！　い、や……それは……」

　僕の言葉に真っ赤だったルカの顔がさらに赤くなっていく。

「どうしたの？　僕、なんか変なこと言っちゃった？」

「変な、ことって……いや、お前……そんな知識もなくてウィリアムとの結婚を了承したのか？」

「えっ？　だって、お父さまが困っていたから……。でもウィルは優しいし、僕は一緒にいて幸せだよ」

「で、でも……それだけじゃだめだろっ？　わかってるのか？　ウィリアムの子どもを産むんだぞ？」

「……？　だから、ウィルに任せておけば良いんでしょ？」

　ルカはなんだかガックリとした顔で、はぁーっと大きなため息を吐《つ》いた。

「母上……。これで、大丈夫なんでしょうか？」

「大丈夫ですよ。ウィリアムは嫌がるカイトに無理やりすることなどないでしょう。彼に任せておきましょう」

ルカのお母さんの笑顔にホッとするけれど、僕が嫌がる？　無理やり？　なんのことだか全然わからないけど、ウィルに限って僕が嫌がることなんてしそうにないし、大丈夫だよね？

「だけど……」

「ルカはそんなにカイトが心配なの？」

「ちがっ——、ただ、こいつとウィリアムがうまくいかなければ、僕が生まれなくなるから心配なだけで……」

「そうね、そういうことにしておきましょう。でも、心配しないで大丈夫よ。ほら、ルカもカイトもこっちに来て。これを見てごらんなさい」

手招きをされて、ルカのお母さんが持っていた鏡を見てみると、ベッドに寝かされた僕……いや、ルカの姿をした僕の手をウィルが必死に握りながら、何かひたすら喋りかけている様子が見える。

「いきなり目の前で倒れて、ものすごく心配してるわ。あんなに必死に祈りを捧げてる。ウィリアムならきっとカイトを大切にしてくれるでしょう」

「ふっ。今度会うときはウィリアムを父上と呼ぶのか……。まぁ、それも悪くないな」

「ルカ。僕、約束する。絶対にウィルと幸せになってみせる。そして、必ずルカにもう一度会えるようにするよ」

「そうだな。お前が母親になるなら楽しそうだ」

にっこりと微笑んだルカは本当に可愛くて愛おしく感じた。

「さぁ、そろそろウィリアムの元に戻りなさい。カイト、幸せになるのですよ」

「あの……このことをお父さまやセス、それにウィルにも話してもいいですか？」

僕の言葉にルカのお母さんもルカも一瞬表情が固まった。

「だって、僕……みんなにルカの存在を忘れてほしくないんだ。だから……」

「はぁーっ。お前はつくづくお人好しだな。だけど、お前がそう思ってくれるなら嬉しいよ。ありがとう」

ルカは何度目かになる言葉を口にしながら、本当に可愛らしい笑顔を見せてくれた。

「ルカ……」

「向こうに戻ったらお前がルカだからな。父上やセス、それにウィリアムにもよろしく」

「――っ！　うんっ！　絶対伝えるから!!」

「おいっ！　抱きつくなよっ!!」

嬉しさのあまり抱きつくと、ルカはそう言いながらも無理やり引き離そうとはしなかった。

「カイト……イアンに伝えて。あなたの妻で幸せだったって。これからも家族で幸せにって」

「はいっ！　必ず伝えます」

僕がきっぱり言い切ると、ルカのお母さんもルカも嬉しそうに笑った。

ルカのお母さんが僕の頭にさっと手をかざすと、ふわりと身体が浮かんだ感覚がしてだんだんと意識が薄らいでいった。

ルカ……僕、絶対にウィルと幸せになるから、待っててね……

心の中で何度もそう告げながら、僕は完全に意識を失った。

ウィリアムサイド

「ルカッ？　どうしたんだっ！　目を開けてくれっ！　ルカッ!!」

私の叫びも虚しく、ルカには何の反応もない。腕の中にいるルカは生きているのか不安になるほど青白く、生気のない顔をしている。

まさか、と嫌な予感が頭をよぎる。

「誰か！　誰か来てくれっ!!」

ルカを抱きしめた腕の中から動かすことも憚《はばか》られて、その場で思いっきり叫ぶとセス殿が青褪めた顔で脱衣所へ駆け込んできた。

「ウィリアムさま、何事っ――、ああっ!!　ルカさまっ!!　ルカさまはどうされたのです!?」

腕の中で横たわるルカのただごとでない様子に、セス殿の顔色もみるみるうちに青白くなる。

「私にも何がなんだかわからんのだ、急に意識を失ってしまった。すぐに医師を呼んでくれ!!」

指示を出しても、あまりの突然の出来事にセス殿は足が動かなくなっているようだ。

「セス殿！　気を確かに！　ルカを早く医師に診せなければ！」

「は、はい。すぐに！」

大声で活を入れると、ようやく急いで脱衣所から出ていった。私はできるだけルカを動かさないように衣服を整え、ゆっくりと寝室に運んでベッドに寝かせる。

先ほどよりも青白くなった頬に触れながら、私は自責の念に駆られていた。

なぜこんなことに……。さっきまで煌めくようなルカの笑顔を見ていたというのに……

そんなに私と一緒に風呂に入るのが嫌だったのか？　それほどルカに無理をさせてしまっていたのか？　私といることがそれほどルカの負担になってしまったのか？

あんなにも従順でにこやかな笑顔を見せていたのに、私はなんてことをしたんだ。己のやってしまった愚かな振る舞いにどれだけ悔やんでも悔やみきれない。

ベッドに寝かせたルカの口から聞こえてくる浅く弱々しい呼吸音に最悪の事態を考えてしまう。

父上にどれだけ責められても私には反論はできない。私はどうなってもいい。

ルカが目を開けてくれさえすれば……

ルカ……。どうか目を開けてくれ!!

指先が少し冷たくなったルカの手を私の手で包み込みながら必死に祈り続けても、ルカは一向に目を覚ます気配がない。

もうルカのあの笑顔が見られないのか……

いや、そんな弱気になるな！　きっと私の祈りは通じるはずだ！

ルカ、ルカ……。何度も必死に名前を呼び続けたが反応はない。

回復を祈り続ける私の耳にバタバタと廊下を走る音が近づいてくる。

マナーに厳しい公爵家とは思えないほど扉が激しく開き、寝室へ飛び込んできたのは汗に塗れた父上の姿だった。

「ウィリアム、どういうことだ！　ルカは一体どうしたんだ!?」

「私にもわからないのです。脱衣所で突然意識を失って……」

「ルカッ！　目を覚ましてくれっ！　お前まで私を置いていくな！」

父上の悲痛な声が寝室中に響く。父上は母上を亡くされてからルカを心の拠り所にしてきたに違いない。

母上に次いで、ルカまで失ってしまったらもう父上は生きていられないだろう。

私もそうだ。もし、ルカを失ってしまったら……そう考えるだけでも恐ろしい。

いや、そんなことを思ってはダメだ!!

私は絶対にルカが戻ってくると信じている!!

公爵家専属医師のジョージが呼ばれ、ルカの容体を確認した。

しかしなんとも歯切れの悪い言葉を並べるだけだった。

「今のルカさまのご様子はなんとも形容し難い状況にございます」

「ジョージ、形容し難いとは一体どういうことだ？」

「ルカさまの身体は生きる上で必要なエネルギーが最小限度しか使われておりません。ですが、そのほかには何も異常はございません。言うなれば、深い眠りについているという状態でしょう。すぐに目覚めるかもしれませんし、このまま眠り続けるかもしれません。ここではそれしか判断がつきません」

「な――っ！　ルカ、が……このまま、眠り続ける？」

医師の言葉に身体の力が抜けそうになる。ルカがこのまま一生眠り続ける？　そんなこと、信じたくない！

「父上、私はルカが目覚めるまでずっと傍についていています。騎士団も明日は休みますので、連絡をお願いします」

私はルカと共にあり続けると誓ったのだ。絶対に離れはしない。

「……わかった。何かあればすぐに呼ぶように」

私の意図を汲んだのか、父上はジョージ医師とセス殿を連れ、外に出ていった。

しんと静まり返った寝室で、私の目はルカだけを見つめていた。

「ルカ……ルカが私を池に突き落とした時、ルカは笑って見せた表情の奥に涙を隠していたな。あの表情で、ルカがただの悪戯で私を池に落としたのではないと理解した。けれど、あの時から、急にルカは変わってしまった……。私にはルカを変えたものが一体なんだったのかわからないが、ルカのあの涙を忘れたことはなかったよ。それからずっとルカに思いを寄せていた。だが、公爵家の跡継ぎであるルカと私が結婚できるわけもない。だから、陛下に結婚相手は誰でもいいと話したのだ。相手がルカでなければ、私にとっては誰も同じ。だが、それがまさか、ルカを紹介されるとは思いもしなかったな……」

ルカを婚約者に、と言われて内心では嵐のように感情が吹き荒れた。

ずっと思い続けてきたのだ。夢を見ているのかとも思った。

「ルカと結婚できるのが嬉しくて、久しぶりに会えた今日、私は緊張していたんだ。すぐに拒絶されないか心配だった。だけど、ルカは私に笑顔を見せてくれたな。あの笑顔に私は再び心を奪われたんだ。けれど、いつものルカと違いすぎて、わざと怒らせることを言って気持ちを試してしまった。その結果、君を泣かせてしまった。けれどその瞳で、あの時の涙が甦ったんだ。どんなに変わっていても、十年前、私が心惹かれたのは目の前にいるルカだと気づいたよ。ルカはあの時から何も変わっていなかったんだな」

もしかしたら、眠っていても声は届いているかもしれない。

私の声が聞こえるように、青白い顔で眠り続ける彼につらつらと私の思い出を話し続けた。

「ルカ……愛しているんだ。だからもう一度、その綺麗な瞳に私を映してくれないか？　ルカ、頼む！　目を開けてくれ……」

　必死に訴え続ける私の目から、大粒の涙が一粒ポトリとルカの頬に落ちた瞬間、その瞼がピクリと動いたように見えた。

「――っ！　ルカッ！　ルカッ！」

　私の声に呼応するようにゆっくりと瞼が開いていく。

　大きな目が完全に私を映したと同時に、ルカの唇が私の名前を呼んだ気がした。

「うぃ、る……」

「……ル、カ……？」

　私の声にルカがニコリと微笑む。

　ああ、ルカが帰ってきてくれたんだ!!

「ルカッ!!　ああ、ルカッ!!　よかった!!　本当によかった!!」

　私はルカを抱き上げ、もうどこにも行かせないようにギュッと抱きしめた。

　青白かったルカの顔には頬に赤みが戻り、冷たくなっていた指先もほんのり温かくなってきた。

　本当に私の元に戻ってきたのだ。

「ウィル……心配かけて、ごめんなさい……」

「いや、謝ることなどない。ルカはこうして私の元に戻ってきてくれたからな。ああ、ルカ……私は幸せだ」

「ウィル、ずっと手を握っていてくれて嬉しかった」

「わかっていたのか？」

「ううん、見ていたんです」

「見ていたって……？」

一体どういうことだろう？

「僕……ウィルに大切な話があります。お父さまとセスにも聞いてもらわなくちゃいけない大切な話が……」

ルカの真剣な眼差しにドキリとする。

「わかった。すぐに呼んでこよう。体調は大丈夫か？」

目覚めたばかりで不安で尋ねると、ルカは微笑みながら頷いた。

まだ傍を離れるのは心配だったが、ルカ自身が望んでいるんだ。呼びにいかないわけにはいかない。後ろ髪を引かれつつ、ルカの傍から離れて寝室を出た。

扉を開けるとすぐにセス殿の姿が見えた。どうやらずっとここで見守ってくれていたようだ。

「ウィリアムさま!! ルカさまに何か??」

「セス殿、ルカが目覚めた」

「――っ!! ル、カさまが？」

「ああ、それでルカが父上とセス殿に会いたいと言っている。すぐに父上をお連れして寝室に来てほしい」

「か、畏まりました！　すぐに旦那さまをお呼びいたします」

セス殿は転げ落ちそうになるほどの勢いで父上の元に駆けていった。

ふぅ、と小さく息を吐きながらルカの元へ戻った。

ルカの大事な話とはなんだろう？

もしかして私との結婚を白紙に、と言い出すのではないか？

嫌なことばかり考えてしまうが、先ほどのルカの微笑みに負の感情はなかったと必死に自分に言い聞かせた。

「ウィル……」

「ルカ、父上もセス殿もすぐに来てくれるよ」

「よかった。あの、ウィル。こっちに来てもらえますか？」

「ああ、もちろんだよ」

ルカが横たわるすぐ横に駆け寄ると、ルカは両手を広げた。

「抱きしめてください」

ああ、ルカ……。愛しさが込み上げる。

何も話さなくても、この温もりだけでルカが私を必要としていることがわかる。大事な話とは、私たちが離れることではない。絶対にそうだ。ルカと抱き合っていると、父上とセス殿が寝室に駆け込んできた。

「お父さま……セス……」

ルカの声を聞いて、父上もセス殿も安堵の表情を見せた。

「ああ、ルカ。目覚めてくれて本当によかった」

「ルカさま。よくぞご無事で……」

「心配かけてごめんなさい」

私の腕の中で頭を下げ続けるルカに、父上は笑顔で応えた。

「いいんだ。こうやって元気になったのだから、ほかには何もいらないよ」

「あの、お父さまとセス、そして、ウィルにどうしても話しておきたい大切な話があるのです」

ルカの声も身体も少し緊張に震えていた。

私はそれをほぐすように小さいルカの身体を優しく抱きしめた。

「無理はしなくていいから、ゆっくり話すといい」

ルカはホッとしたように私の顔を見て小さく頷いた。

「お父さま、セス。ごめんなさい。まずは僕、ウィルに本当のことを伝えます」

その瞬間、父上とセスの表情が強張った。

本当のこと？　一体なんだというのだろう。

「ウィル。僕は、ルカではありません。カイトという別の人間なんです」

「えっ――？　ル、カじゃない？」

思いがけない言葉に驚きが隠せない。

だが、父上もセス殿も何も言わないのを見ると、これは事実ということか？

「はい。そして、これから話すことはお父さまやセスも知らないことです」

真剣な表情でルカが話した内容は、驚きの連続だった。

ルカの母上はどうしても公爵家の跡継ぎを切望し、自分の残った寿命と引き換えにルカを授かった。だが、ルカの中には神によってカイトという別の人間の魂が加えられ、ルカは母上からもらった寿命である十八歳までしか生きられないことが最初から決定していた。

十八歳を迎えると同時にルカの人格は寿命によって消え、加えられていたカイトの魂が表に出てきたということらしい。

にわかには信じがたい話だが、ルカはその事実を八歳の誕生日に母上から知らされた。自分が十八歳までしか生きられないという事実にどうしていいかわからず、父上やセス殿に忘れられたくない一心であのような行動を取ってしまったと、カイトはルカ自身から聞いたらしい。

「なっ――、ヘレナが？　そのようなことを……。私も今、初めて聞いた。ルカがそんな辛い思いをしていたとは知らなかった」

「ルカさまはその事実をお知りになってから、ずっと一人で苦しんでいらっしゃったのですね。私はずっとお傍にいながら何も気づかなかったとは。お小さかったルカさまは自らの運命にどれほど傷つかれたことでしょう」

ルカの告白は父上とセス殿をひどく苦しめていた。

二人ともその場に頽《くずお》れ、涙を流している。

「でもね、お父さま、そしてセス、悲しまないでください。すぐにまたルカに会えますよ」

暗い空気になった寝室にカイトの明るく元気な声が響く。

「えっ——、それはどういう意味だ？」

「ルカは僕とウィルの子どもとして生まれ変わることが決まっているんですって！　だから、いつか必ず会えますよ」

「「——っ!!」」

ルカ……いや、カイトのにこやかな笑顔とは反対に私たちは顔を見合わせて驚いた。

「あ、あの……ルカ、君は子どもを産んでくれるつもりなのか？　男なのにいいのか？」

「えっ？　だって、お父さまは最初からそのおつもりだったのでしょう？　王家の秘薬で僕にウィルとの子どもを産んでもらうつもりだって、陛下と話をしていらっしゃったとルカのお母さんから聞きました」

「い、いや……まぁその気持ちがないわけではないが……。ルカ、いやカイトは、その……子どもを産むということがどういうことかわかっているのか？」

父上は恐る恐る尋ねたが、カイトはやはりというかなんというか、あっけらかんと答えた上で笑顔を見せた。

「どうやって子どもができるかってことですか？　それなら大丈夫です！　僕が何もわからないって言ったら、ルカのお母さんが全部ウィルに任せていればいいって。だからウィル……。僕にどうやったら子どもができるのか、じっくり教えてくださいね」

「ぐぅっ――!!」

カイトのその可愛らしい純粋無垢な笑顔とは対照的な爆弾発言に、思わず中心に熱が篭りそうになるのを必死に抑えた。カイトから目を逸らして父上を見ると心なしか睨んでいるように見える。

「ウィリアム。お前、あの約束をわかっているだろうな？」

「は、はい。それはもちろん。ですが、それ以外のことはお許しになったはずです」

小声で問いかけてくる父上にそう返すと、父上はグッと息を呑み、そのまま何も言わなくなった。

＊＊＊

「あの……約束ってなんですか？」

「「――っ!!」」

何度かお父さまとウィルの間で交わされた言葉が気になって聞いてみた。

「い、いや……大したことではないんだ」

「その、ウィリアムが我が家に慣れるための約束なのだ」

「その通りでございます。ルカさまがご心配なさることではございません」

三者三様の言葉に納得する。

なるほど、ウィルが公爵家に慣れるための約束か。ウィルの生まれ育った侯爵家とはまた違うんだろうな。新しい家族に慣れるのって本当に大変だもん。僕もあの継父に気に入られていたら、あんな悲しい結末にはならなかったのかな？

うーん、でも、もしあっちで幸せになってたら、こうやって今、ウィルやお父さまたちといられないんだからそれは寂しすぎる。きっと僕の結末はあれでよかったんだろうな。あっちにいたらルカと出会うこともなかったんだし。

せっかく神様にいただいた新しい人生なんだから思いっきり楽しまないとね。

「そうなんだ。ウィル、頑張ってくださいね」

「――っ、あ、ああ。もちろんだよ。私に任せておいてくれ」

ウィルはにこやかな笑みを浮かべながら、僕の手をギュッと握った。

ああ、ウィルの温もりだ。僕が倒れていた時にずっと手を握っていてくれた光景を思い出す。

「あっ――!!」

大事なことを忘れていた。ウィルが手を握ってくれたから思い出せたんだ。

「ルカ、どうした？」

「僕、大切な伝言を忘れていました」

「大切な、伝言？」

「はい。ルカのお母さんからお父さまに、です」

「へ、ヘレナから……私に？」

僕はお父さまを見つめながら、ルカのお母さんから預かった大切な伝言を一言一句違わずにゆっくりと伝えた。

「『あなたの妻で幸せだった、これからも家族で幸せに』って、本当に幸せそうな笑顔で言ってました」

「――っ‼　へ、レナ……」

お父さまは涙を潤ませながら僕を見つめた。

「ルカ……嬉しい伝言をありがとう」

お父さまのこんな幸せそうな笑顔を見られて、僕も幸せな気分になったな。

「ところで、ルカのことはこれまで通り、ルカと呼んで良いのですか？　それとも、カイトと呼んだほうがいいのでしょうか？」

「それはルカ、いやカイトの好きにしたらいい。もし、カイトと呼ばれたいのなら名前の変更手続きをしよう。どうする？」

お父さまは僕の意見を尊重してくれるようだ。

でも僕の答えは決まっていた。

「僕、これからはルカとして生きていきます。せっかくルカから受け継いだ命だからルカの存在を消したくないんです」

「ありがとう。きっとルカも喜んでいることだろう」

僕はこうして、やっと自分がルカとして生きていくことを実感できたんだ。


「旦那さま、ルカさまはお倒れになったばかりですし、そろそろお休みになったほうがよろしいかと存じます」

「そうだな、ルカ。今日はゆっくり休むといい。ウィリアムも騎士団の演習は休むと伝えてあるから、朝はゆっくりでいいぞ。ルカをゆっくり休ませてやってくれ。何かあればすぐに私かセスを呼ぶように」

「はい、父上。ルカのことはどうぞ私にお任せください」

お父さまはなんともいえない表情をしながら、セスと一緒に部屋を出ていった。

一気に静かになった部屋で、ウィルは僕を抱きしめたまま離そうとしない。

「ウィル？　どうかしたのですか？」

「ルカが私の腕の中に戻ってきたことを実感しているのだ。ルカが倒れた時の恐怖は今思い出しても身体が震える。騎士団に就いて恐怖を感じたことは一度や二度ではないが、あの時の恐怖はそんなものと比べようもないほど恐ろしかった。本当に、ルカが戻ってきてよかった」

心の底から訴えかけてくるようなウィルの叫びが、僕を本当に心配していたんだと実感させてくれる。そんなこと不謹慎だと反省しつつ、ここまで人に思ってもらえることに幸せを感じてしまうんだ。

「僕……あの時、ウィルとお風呂に入って自分がルカじゃなくて、カイトだって話そうと思っていたんです」

「だがあの時は、まだ父上たちから口止めされていたのだろう？」

「でも、これから先ずっと一緒にいたいと思った人に隠し事はいらないって思ったから、ウィルには全てを曝け出したかったんです。僕がそこで覚悟を決めたから、ルカのお母さんとルカが本当のことを伝えにきたんだと思います」

「そ、うか。覚悟をしてくれていたのか……。私はてっきり、ルカに無理強いをしてしまったから、大きな負担をかけ過ぎてしまったのだと思っていた。ルカが倒れたのは私のせいだと自分を責めていたんだ」

「責めていたなんて、ウィル……。僕、ウィルの言葉が嬉しかったんですよ。夫夫《ふうふ》として長い時間を一緒に過ごしたいなら、お互いを曝け出そうってウィルはそう言ってくれましたよね。カイトでいた時に、誰も僕の話なんて聞いてくれなかったから自分を曝け出すのが怖かった。だけどウィルに言われて、今の僕には受け止めてくれる人がいるってわかって本当に嬉しかったんです」

「ルカ……」

「あの、僕……もう秘密も何もなくなってウィルに曝け出すようなものはないですけど、一緒にお風呂には入ってもいいですか？」

「え――っ!!」

「やっぱり、だ、めですか……？」

「――っ、いやっ!!　ダメだなんて、そんなことっ!!　あるわけないだろう!!　私のほうからお願いしたいくらいだ!!」

「よかった。じゃあ、ウィル。今から一緒に入りませんか？　僕、誰かと一緒にお風呂に入ったことがないので、ウィルと一緒に入れたら嬉しいです」

「ああ、ルカのお願いなら喜んで！」

ウィルは顔を真っ赤にしていたけれど、ものすごく嬉しそうに僕をお風呂場へと連れていってくれた。

ウィリアムサイド

ルカを連れて風呂場へと向かう。

つい数時間前にここでルカが倒れたことを思うと冷や汗が出るが、ルカはもう私の傍から離れることはないと確信している。

なぜなら、ルカが私の子を産んでくれると決めたのだから……

それを考えるたびに頬が緩んでしまうが、問題はルカが子を作るという意味を全くわかっていないことだ。

元々、父上からは夫夫《ふうふ》としての生活はすぐに始めるが、正式な夫夫《ふうふ》としての契りは一か月後の婚礼の儀を終えてからだと言われていた。それは何度も父上から釘を刺されている約束だった。とはいえ、夫夫《ふうふ》としての生活をしていれば触れ合いたいと思うのは当然のことだろう。

私だけが思いを寄せていた以前ならともかく、今、目の前にいるルカが私を好きだと言っている。しかも私たちの子として生まれてくる、以前のルカに会いたいとさえ言っているのだ。そんな相手に一緒に風呂に入りたいと誘われ、何も手を出さない自信などない。

だが、ひと月後には契りを交わすのだ。それまで少しずつ教え込むのもいいかもしれない。最後までしなければ、契りを交わしたことにはならないから、それまでじっくりと教えればいいか。ひと月後の初夜の契りには、ルカのほうからねだってくるように教育するものいいだろう。

……そんなことを考えるだけで興奮してきた。最初から完全に昂った愚息をルカの目に晒すわけにはいかない。

ウィリアム、気合だ！　気合を入れろっ!!

私はできるだけ裸を見ないように急いでルカの服を脱がせ、そして自身の愚息をルカの視界に入れないように自分も急いで服を脱いだ。

ルカを抱きかかえ、風呂場に入るとふわりと花の香りが漂ってきた。

「いい香りがするな」

「はい。僕、この香りを嗅ぐと落ち着くんです。だからセスがいつもお湯に溶かしてくれて……。ウィルもこの香り、好きですか？」

「ああ、本当に落ち着く。それに、ルカの好きな香りなら私も好きになるよ。同じ香りを纏わせるなんて幸せしかないだろう？」

ルカはほんのりと頬を染めて小さく頷いた。

ああ、もうルカが可愛すぎてどうにかなりそうだ。理性を飛ばす前にさっさとルカの髪を洗ってやろうと、椅子に座らせた。

「あ、あの……自分で洗えるので大丈夫です。ウィルも自分の髪を洗ってください」

「私に触れられるのが嫌なのか？」

聞かずにはいられなくて責めるように問いかけてしまったが、ルカはすぐにそれを否定した。

「違いますっ！　早く洗ってウィルとゆっくりお風呂を楽しみたいんです」

ああ、もう。私はなぜこんなにも愚かなのだ。

ルカが私を思っていることなどわかっていただろうに。そんなルカが私に触れられたくないなどと思うはずないだろう。

「悪かった。ルカに触れられないのが寂しくて、ついそんなことを言ってしまった」

「僕もです。ずっと手を握って、抱きしめてくれていたから、この距離でも寂しく感じちゃいますね」

「――っ!!」

そんな可愛らしいことを言われて、我慢できる人間などいるのか？

騎士団団長として、大抵のことには我慢強い私でもこれは辛いぞ。

少しずつ教育するわけだから、今日から少し味わってみてもいいだろう？

私の中の悪魔が囁き、勝利してしまった。

「ルカ、ならばこうしよう」

「わわっ――!!」

小さなルカをすっぽりと背後から覆い尽くし、私は片手で自分の髪も洗いながらルカの髪も洗っていく。

「これなら、一緒に洗い終わるから時間短縮できるだろう？」

騎士団の演習では敵の襲来に備えて、片手で剣を持ちながら水浴びして身体を清めることもある。

自分の髪を洗いながら、ルカの髪を綺麗に洗うことなど朝飯前だ。

「ルカは鏡を見ながら、洗い足りてないところがあったら教えてくれ」

「はーい」

ゲームのようにでも思っているのだろうか。ルカは嬉しそうに鏡に映る私たちの姿を見ている。そんなふうに笑顔を見せられるのも今だけだ。髪を洗い終わったらルカを官能の時間へと誘《いざな》ってやろう。私の指がルカの柔らかな髪を滑っていく。さっきまで楽しそうにしていたルカの表情は恍惚として、今にも私の身体にもたれかかってきそうだった。

「ルカ、眠くなったなら私に身を預けるといい。寝ている間に髪も身体も洗っておいてあげよう」

「えっ、でも、身体は……」

なんだ、まだ少し恥じらいが残っていたか。

「私たちは夫夫《ふうふ》だから、恥ずかしがることはないと言っただろう？」

優しく囁くとルカは頷いた。

よし、これでいい。さっとルカの髪を洗い流し、泡に塗れた自分の髪も手早く洗い流す。そして、すぐに手に身体用の泡をつけ、抱き込んだルカの前面を洗っていく。色白で滑らかな絹のようなルカの肌が私の手に吸い付いてくる。

「うぃ、るぅ……なん、かへん……」

あまりの気持ちよさにルカの胸を中心に撫で回していると、ルカが身を捩《よじ》り始めた。

もしやと思い、ルカの下腹部に目を向けると、果実のように可愛らしいルカのモノが己の存在を主張するようにぴょこんと天を向いている。

「くっ――！」

ルカが私の手の動きに興奮していることがわかっただけで滾ってしまう。このルカのモノを咥えてしゃぶり尽くしたい。そんな欲が湧いてくるが、さすがに初日からはそれは難しい。

だが、触れるだけならいいだろう。

そっとルカのモノに手を伸ばし、優しく握り込んだ。

「ひゃぁーっ！　うぃ、るぅ……そん、なとこ……さわ、っちゃ、だめぇ……っ」

ルカは手を伸ばし、可愛い抵抗をしてきたが、そんな赤子のような力では私を止めることはできない。

「だって、こんなに大きくなってるのにそのままにしておけないだろう？」

手を開いて、ぴょこんと主張している自身のモノを見せてやると、急にルカは驚いた表情を浮かべた。

「――っ、なん、で……？　うぃ、る……ぼく、びょうき……ですか？」

ルカは自分の昂ったものを見ながら涙を潤ませた。

まさか、興奮して勃つことも知らないのか？

子作りを知らないとはわかっていたが、まさか勃起すら知らないとは思わなかった。以前のルカはわからないが、今、目の前にいるルカは自分でやることも知らないのだ。

こんなにも無垢な子を私は教育することになるのか。

まずい。興奮しすぎて鼻血が出そうだ。

「うぃ、るぅ……、やっぱり、ぼく……」

「ああっ、ちがうっ！　病気なんかじゃない！」

私があまりの驚きに声も出せずにいたから、ルカは不安になったのだろう。

慌てて違うと訂正したが、ルカは自分のモノが勃っている姿を初めて見て、怯えているようだ。

このままではまずい。ルカが勃つのが悪いことだと思ってしまうと、これからの夫夫《ふうふ》関係にも問題が生じてしまう。

どうする？　まずは誤解を解かねば。

私はルカを後ろから抱きしめ直した。

「ルカ、よく聞いてくれ」

怖がらせないように耳元で優しく囁いた。

ルカが小さく頷いたのを確認して、私はそっと天を向いて勃っているルカのモノに触れた。

「ひゃぁ――っ！」

「どうだ？　私が触れると気持ちよくないか？」

「きもち、いい？」

「ああ、ビリビリっと身体の奥底から反応する感じはしないか？」

「――っ、し、ます……」

恥ずかしそうにしながらもちゃんと答えるルカが可愛い。

「そうだろう？　それを気持ちいいというんだ」

「これが、きもちいい？」

「ああ。そして、こうやってルカが気持ちよくなるのは、私がルカの夫として認められたという証なんだ」

「みとめられた、あかし……？」

「そうだ。だから今までこんなふうにならなかっただろう？」

素直に頷くルカを見て、私は心の中で雄叫びをあげた。

やっぱり目の前のルカは何も知らない、本当に無垢な子なのだ。

そう確信した時、ルカの目の前で鼻血を吹き出さなかった自分を褒めてやりたいくらいだ。

心の中で大騒ぎしているのを悟られないように、努めて冷静を装いながらルカに大事なことを教えていく。

「いいか、ルカ。この硬くなったモノに私が触れて、ルカがものすごく気持ちよくなった時に、ここから甘い蜜が出る」

「甘い、蜜……？」

「そう。まずはルカが甘い蜜を出せるようになることが、子ができるようになる第一歩だ。わかるか？」

「うーん、とにかくその甘い蜜が出るようにならないと、生まれ変わりのルカには会えないってことですね?」

「そうだ、よく理解している。偉いな」

「じゃあ、出るようになるにはどうしたらいいんですか? 一度やってみたいです!」

そう言ってくるだろうと予感はしていたが、やっぱりそうだ。ルカは本当に素直で可愛い。

「じゃあ、一度やってみようか」

にっこり笑って安心させてから、もう一度ルカのモノに触れた。

「んんっ……ん!」

ルカは一生懸命我慢して声を出さないようにしているようだ。

「ルカ、声を出して。素直に気持ちよくなるんだ。そうしないと甘い蜜は出ないぞ」

「は、はい……ひゃあっ、あっ……んんっ、んっ」

「そう、それでいい。気持ちよくなることだけ考えて……」

「ああ……っん、あ……っ、あ……っ」

ルカの声に艶が出てきたと同時に、ぬちゅぬちゅといやらしい水音が響いてきた。

ルカのモノから少しずつ蜜が漏れ出しているようだ。

「うぃ、るぅ……なん、か……へん……あぁ、きもちい……あ、だ、めっ……おかし、くなるぅ……」

「大丈夫。このまま気持ちよくなったら、そろそろ蜜が出せるぞ」

ルカの絶頂が近いと踏んで、手の動きをさらに速く、そして激しくしていく。

「やぁ……っん、なん、か……くるぅ……ああっ‼」

ルカが一際大きな声を上げた瞬間、その可愛いモノからピュッッっと蜜が弾け飛んだ後、さらにビュルビュルと吐き出した。

「はぁっ、はぁっ、はぁっ……」

初めての体験に息を切らすルカの初めての蜜が私の手にかかり、甘やかな匂いを発している。この身体での初めての蜜かはわからないが、今のルカの初めての蜜。

これを逃す手はない。私は手に飛び散った蜜を一滴残らず舐めとった。

ああ、甘い。この甘さは本物だ。ゴクリと飲み干すと、身体の細胞が組み換えられるような、そんな感覚がした。やはり、以前のルカも含めて蜜を出したのは今回が初めてのようだ。

まさかルカの初めての蜜をもらえるとは思っていなかったな。

「うぃ、る……そ、れ……ぼくの、だした……みつ？　な、んで……？」

「これが大事なんだ」

「えっ？」

「いいか、ルカの出した蜜を私の身体に取り込んでいっぱいになったら、今度は私の蜜をルカの身体の最奥に取り込ませる。そうなった時、初めて子ができるんだ」

「じゃあ……つぎは、ぼくが？」

「まだまだ、これくらいじゃ足りない。もっともっとたくさんのルカの蜜を取り込んでからだよ」

「そっか……。赤ちゃんって大きいから、あれくらいじゃ全然足りないですよね……」

素直なルカは妙に納得したように頷いていた。

ほんの少しルカを騙しているようで申し訳ないが、これも夫夫《ふうふ》生活円満のためだ。

「これから、どれくらいウィルが取り込んだらいいんですか？　僕の蜜……」

「――っ！　そ、そうだな。一か月くらいか。それくらい続ければ、大丈夫だろうな」

「一か月、わかりました！　じゃあ、僕毎日頑張りますね」

ついさっき淫らな声をあげていたルカが、今度は純粋無垢な笑顔でそんな可愛いらしいことを言ってくる。

自分が仕組んだこととはいえ、私はこれからひと月、この甘い誘惑に耐えられるだろうか。

＊　＊　＊

こんなところから甘い蜜が出るなんて知らなかった。

といっても、僕は舐めていないから本当に甘いのかはわからないけど、ウィルが甘いと言っていたからきっとそうなんだろう。

僕も早く舐めてみたいけど一か月頑張らないと、僕は舐められないんだよね。

ああ、ウィルのを早く舐めてみたいな。

ウィルとのお風呂を終え、僕たちは一緒に寝室に戻った。

お風呂に入っている間に、さっきまで僕が寝ていたシーツは綺麗なものに変わっていた。サラサラと気持ちの良いシーツの上に寝て、隣にウィルも横たわる。このベッドで誰かと寝るのは初めてだ。というより、前の人生でも誰かと一緒に寝た記憶なんて本当に幼い頃しかない。

小学生になってからは、お母さんは毎夜、仕事に行っていていなかったから一人で寝ていたし、あの継父と一緒に住むようになってからも僕はほとんど一人で休んでいた。納戸に閉じ込められてからはずっと一人だった。

それが今日からはウィルと一緒に寝るんだ。うわぁー、なんかドキドキする。

でも、僕たちはもう夫夫《ふうふ》なんだし、それに一緒にお風呂にも入ったんだから恥ずかしがることなんてないんだよね。

「ルカ、ほらこっちにおいで」

ウィルが優しい顔で両手を広げている。この中に入れってことかな？

「し、失礼します……」

恥ずかしがることなんてないと思っていたけど、やっぱり照れる。

ドキドキしながら、広げられた腕の中に入り込むと、ぎゅっと抱きしめられた。

「ああ、ルカ。可愛い」

今日何度もウィルに抱きしめられたけど、今が一番くっついているかも。後ろから抱きしめられるのもすごく嬉しかったけれど、向かい合わせで抱きしめられるのもとても嬉しい。寝巻きが薄いからか、ウィルの温かさが直に伝わってきて気持ちがいい。

「ルカ、明日は何をして過ごしたい？」

「えっ？」

ほかほかとした温もりと抱きしめられている心地良さでぼーっとしていた時に、突然ウィルから話しかけられて驚いてしまった。

僕が見上げると、ウィルは嬉しそうな笑顔を見せた。

「明日は騎士団も休みになったし、ルカのしたいことをして一緒に過ごそう」

僕のしたいこと？　でも、何をして過ごしたらいいのか想像もつかない。だって、誰かと一緒の時間を過ごした記憶なんてほとんどないんだもん。

「僕、あんまりわからなくて……」

「そうか、ならルカが見たいものや行ってみたい場所、それに食べてみたいものはないか？」

「みたいものや行ってみたい場所……あっ！」

「何かあるか？」

「はい。でも、ウィルがお休みだからだめかもしれないです」

「いいから言ってごらん」

「あの……僕、騎士団の訓練を見てみたいです！」

ウィルは驚いた表情で一瞬言葉を詰まらせた。

「やっぱり、難しいですよね……」

「ああっ！　違うんだ！　ちょっと、いや、かなり驚いただけだ」

焦った様子でウィルは話を続けた。

「まさか、ルカが騎士団の訓練を見たいと言うとは思ってもみなかったからな。ルカが私の仕事に興味を持ったなんて嬉しい以外、あるわけないだろう？」

「えっ！　じゃあ、見にいっても良いんですか？」

「ああ。ちょうど休みだし、隅々まで案内してあげよう。その後、お茶でもして帰るというのはどうかな？」

「わぁっ!!　ウィル、大好きっ!!」

「――っ！」

嬉しさのあまり、ウィルにぎゅっと抱きついてほっぺたにチューをすると、ウィルは急に固まってしまった。

「あ、あれ？　どう、したんですか？」

「ル、ルカから口づけをしてくれるなんて、嬉しすぎてどうにかなりそうだ」

「だっ――！　んんっ……っん！」

だって、嬉しくて……という言葉はウィルの唇に阻まれてしまった。あっという間に中に入り込んできたウィルの舌が、僕の口の中を自由に動き回りながら舌に絡みついてくる。

もうすっかりウィルのこの深いキスがクセになって、気持ちよくてたまらない。

ようやく唇が離れた時にはもう僕は身体中の力が抜けてしまって、ウィルにぐったりと身を預けていた。

「ルカ、愛してるよ。おやすみ……」

ウィルの声が微かに僕の耳に入ってくるのを感じながら、僕はそのまま眠りに落ちた。

ウィリアムサイド

まさか、ルカが騎士団の訓練を見にいきたいと言うとは思いもしなかった。本当なら、私が訓練しているところを見せたかったが、ルカを一人で訓練場に来させるわけにはいかないし、私が休みでよかったのだろう。可愛いルカが私のものだと見せつけるのにもちょうどいい。

アシュリーは驚くだろうな。

いや、疑い深いあいつのことだ。ルカが演技して私を騙していると思うだろう。アシュリーがルカに何かしないように、気をつけておかないとな。心配はそこだけだ。

それにしても可愛いルカ。まさかルカのほうから口づけをしてくれるとは。頬だったのが少し残念だったが、まぁいい。これから唇へ口づけするように教育すればいい。

ああ、ルカ……。愛おしくてたまらないな。

クソッ！　風呂場での一件からずっと昂り続けていた愚息に限界がきている。

あの後、さすがにルカに私の蜜まで出してもらうわけにはいかず、あのように誤魔化しはしたが、これがいつまで持つか。

ルカは毎日でも蜜を出すとやる気になっていたし、私がルカの蜜を出すことにはなんの抵抗もない様子なのが嬉しくてたまらないが、己の昂りを出せないのが辛い。

父上との約束の手前、初日からあまりにもグロテスクな愚息を見せつけて怖がらせるのは得策ではないと思ったが、ルカと一緒に風呂に入り、抱き合って寝る。

嬉しすぎるのだが、愚息にとっては拷問に等しい……。このままでは眠れそうにない。

はぁ……。仕方ないか。

私はそっとルカの傍から離れ、こっそりと風呂場へと向かった。

「――っ！」

自分でも驚くほどに大きく昂った愚息に触れながら、さっきのルカの裸と蜜を出した時の可愛らしい顔を思い出す。

「くぅ――っ！」

あっという間にものすごい勢いで蜜を飛ばしたが、まだまだ愚息が萎える様子はない。何度もさっきの光景を思い出しながら幾度めかの蜜を飛ばし、ようやく落ち着きを取り戻した。

一息ついて、ささっと身体を清め、風呂場に立ち込める蜜の匂いをシャワーで流してから、ルカの元へ戻った。

私がルカの横に身体を滑らせると、ルカは嬉しそうに擦り寄ってきた。

眠っていても私がいないことに気づいてくれていたのだろう。

嬉しく思いながら私はルカを抱きしめ、ようやく長い長い一日が終わりを告げた。

第三章　恋は人を愚かにする

「お父さま、おはようございます」

　ウィルに抱きかかえられてダイニングルームに向かうと、もうすでにお父さまは席に座っていた。

僕たちを見ると一瞬驚いた表情をしたように感じたけど、僕の見間違いかな？　今は笑顔だ。

「あ、ああ。おはよう。ルカ、よく眠れたか？」

「はい。ウィルがずっと抱きしめていてくれたので、温かくて朝までぐっすり眠れました」

「抱きしめて、朝まで？」

「はい。ウィルに抱かれて眠るってとても気持ちいいですね」

「なっ――――！」

　僕が話すたびになぜかものすごく反応をしてくれるお父さまだけど、何もおかしなことは言ってないよね？

　少し不安になってウィルを見たけれど、ウィルは笑顔のままだ。

　じゃあ、大丈夫かな？

「それで、二人は今日は何をして過ごすのだ？」

朝食を半分ほど食べたところでお父さまに質問された。

「お父さま、ウィルが騎士団の訓練場に連れていってくれるんです」

「なにっ？　訓練場？」

「はい。ルカがどうしても見にいきたいと言うので、案内しようと思っています。その後は少しお茶でもして帰ろうかと思っています。お許しいただけるでしょうか？」

「あ、ああ。それはかまわんが、訓練場などに連れていって、その、大丈夫なのか？」

お父さまがいつになく不安そうな表情をしている。

訓練場ってそんなに怖い場所なのかな？

僕が行きたいなんて言っちゃダメだったかな？

そう思ったけれど、ウィルが僕の膝の上でそっと手を握ってくれた。

「父上、私がついております。ルカには決して怖い思いなどさせませんのでご安心ください」

ウィルの頼り甲斐のある声に安心する。

お父さまを見ると嬉しそうに笑っていた。

「そうか、それならいい。ルカを頼むぞ」

「はい。お任せください」

食事を終え、ようやく出かける時間になった。

「それでは馬車を用意させよう。少し待っていなさい」

「あの、お父さま。僕、歩いて出かけたいです」

「えっ？　ルカには難しいのではないか？」

「訓練場まではそんなに遠いのですか？」

ウィルの話ではそんな遠い場所だと思わなかったんだけど。

「いや、ここからなら歩いて十五分ほどで着くだろうが……」

十五分？　それなら大丈夫そう！

歩いていくほうが周りも楽しめるし、そっちがいいな。

「それなら歩きたいです。だって僕、この国がどんな世界か知らないんですよ」

「うーん、そうだな。ウィリアム、どうする？」

「そうですね……」

ウィルの顔が曇っている。

やっぱり歩いていくのはだめなのかな？

でも僕はやっぱり歩きたい。

「ウィルと手を繋いで王都を、歩いてみたいんです。だめ、ですか……？」

「くっ――!!　わ、わかった。父上、私がしっかり守りますから」

お父さまはまだ心配そうにしていたけれど、帰りは馬車が迎えにくるという約束で、僕たちは手を繋いで騎士団の訓練場に向かうことになった。

「ルカ、決して私から離れてはいけないよ」

「はーい」

以前のルカなら慣れ親しんだ王都だろうけど、僕にとっては初めての場所。

降り注ぐ太陽も、道端に咲いている花も、空を飛んでいる鳥の声も、あの暗い納戸では見られなかったものばかり。

僕の目に入ってくるもの全てがキラキラと輝いて見える。

馬車に乗ってみたい気持ちもあったけど、やっぱり歩いてよかったな。

「わぁーっ！　ウィル、あの大きな建物はなんですか？」

「あれがお城だ。国王陛下と王妃陛下がお住まいになっている」

「すごいっ！　あれがお城なんだ！　いつか入ってみたいです」

「もちろん入れるよ。ルカは国王陛下の甥にあたるからな。今度父上と一緒に中を見学してみようか」

「わぁっ！　本当ですか！　嬉しいっ！」

ウィルとお父さまとあのお城に入れるなんて、嬉しすぎる！

ああ、この世界って幸せだ。

「ルカ、ここが騎士団の訓練場だよ」

「わぁっ！　いつもここでウィルが頑張ってるんですね」

「ああ、そうだな。中では絶対に離れてはいけないよ」

「わかってます。ウィルの腕を離しませんから」

ぎゅっとウィルの腕に抱きつくと笑顔で返してくれた。

ウィルの腕に掴まっていると本当に安心する。

「今の時間は屋外の訓練場にいるはずだ。そっちに行ってみよう」

そうか、外にもあるんだ。すごいな。

「ルカ、観覧席から見学しよう」

ウィルに案内されて階段を上がり観覧席へと向かった。

「わぁ、ここ屋根があるんですね」

「ああ。ルカを日焼けさせるわけにはいかないからな」

日焼けか。自分の手を見ると、確かに真っ白だ。いつも訓練をしているウィルとは全然違う。

少しくらい焼けたほうが格好良さそうだけど、ウィルが日焼けさせたくないと言うのなら、そうしたほうがいいんだろうな。

階段上に並んだ席の中でウィルが案内したのは訓練場を見渡せる席。

そこに二人で並んで座った。

「はじめっ‼」

「わっ、何が始まったんですか？」

「あれは剣術の稽古だ。実戦さながらに対戦しながら練習するんだよ」

「へぇ、すごーい！」

ウィルに説明してもらっている最中に、手前の人が持っていた木刀に奥の人の木刀がバシーンと当たったと思ったら、後方に勢いよく飛んでいった。

「わぁっ‼　すごいっ‼　ウィル、あの騎士さん。すごく強いですね！かっこいい！」

あまりにもすごい試合を目の当たりにして、つい大声を出してしまった。

すると、突然観覧席にバタバタと駆け寄ってくる音が聞こえ、ウィルはさっと僕を立たせて背中に隠した。

一体何があったんだろう？　ちょっと怖い。

「ウィリアムッ！　お前、そこで何やってるんだ！」

大声を聞くと、継父から怒鳴られていたことを思い出してこの場から逃げてしまいたくなる。でもウィルから離れないって約束したし、ウィルから離れるほうがもっと怖い。

だからウィルの背中をぎゅっと握って我慢した。

「アシュリー、大声を出すな。ルカが怖がる」

「ルカ？　聞き覚えがあると思ったが、やっぱりあの声はルカだったんだな。それで、休みのはずのお前がなんでルカをここに連れてきてるんだ？　お前が急に休みを取るなんておかしいと思ったが、またルカのわがままか？」

「アシュリー、ちょっと黙れ」

僕のせいでウィルが怒られてる？

そう思ったら居ても立ってもいられなかった。

ウィルの背中の陰から顔だけ少し出して、怒っている人に声をかける。

「あの、僕……騒いでしまって、ごめんなさい。騎士さんたちが戦ってるの、かっこよくて、つい大声出してしまって……」

「はっ？　あっ？　これ、本当にルカか？」

なぜかその人は口をぽかんと開けて、不思議そうに僕を見つめていた。

ウィリアムサイド

「おい、ウィリアム……。どうなってるんだ？」

「アシュリー、ルカの件で大事な話があるんだ」

私の真剣な表情にアシュリーもこれは一大事だと思ったようで、すぐに部下たちに今日の訓練の変更と各自自主練習と指示を出した。

作戦会議を練る防音効果に優れた部屋に三人で移動し、即座に鍵をかけた。

ルカは私の言ったことを素直に守り、私の腕にピッタリとしがみついたまま離れようとしない。それがなんとも可愛らしいが、アシュリーには信じられない光景のようで目を丸くしている。

「アシュリー、そこに座ってくれ」

まず、アシュリーを席に座らせ、私とルカは少し離れた席に腰を下ろした。

「ルカ、ここに座ろう。絶対に私の腕を離してはいけないよ」

優しく声をかけるとルカは小さく頷いた。

言葉を発さないところを見ると、よほどアシュリーを怖がっているようだ。ここはしっかりとアシュリーに話をして信じてもらわないといけないな。

「アシュリー、私が嘘をつく人間でないとアシュリーが一番よくわかってくれていると思っているがどうだ？」

「それはもちろんだ。私が騎士団に特別顧問として入り、団長であるお前を支えようと思ったのもその信頼があればこそだ」

アシュリーはそうキッパリと言い切った。

だったら、私の言葉を聞いてそれが嘘ではないと信じてくれるだろう。

「ありがとう。アシュリー、よく聞いてくれ。ここにいるルカはルカであって、ルカではない。お前が知っているルカとは別人なのだ」

「はっ？　ウィリアム、どういうことだ？　全く意味がわからん。詳しく説明しろ」

すぐに信じられる話ではないことはわかっている。

それでも私は、昨夜ルカが話したことを全てアシュリーに説明した。

私が話をしている間、アシュリーは一言も口を挟むことなく、一言一句聞き漏らさないとでもいうように真剣な表情で聞き入っていた。

そして、最後まで話を聞くと、顎に手を当てて少し考え込んでからゆっくりと口を開いた。

「少し、ルカに質問しても？」

「ああ、だが絶対に怖がらせるな」

「あ？　ああ、わかった」

アシュリーがわかったと言うなら大丈夫だとは思うが、隣でルカはまだ怖がっている。

まずはそれを安心させてあげないとな。

「ルカ、アシュリーと少し話せるか？　嫌な質問には答えなくていいからな。私がついている。怖がらなくていいぞ」

「は、はい。頑張ります」

「ああ、ルカ。いい子だ」

優しく語りかけるとまだ少し怖さを抱きながらも頑張ると言ったのがいじらしくてたまらない。

あまりにも可愛くて頭を撫でるとルカは嬉しそうに笑った。

「ルカ……」

「……は、はい」

アシュリーが名を呼びかけただけでルカの声は震えた。

これ以上怖がらせたくないが、アシュリーは何を話すつもりだろう。

「お前にそんな作り話ができる才能があったとはな……。ウィリアムが騙されても私は騙されんぞ」

「アシュリーッ!!」

「ウィリアムは少し黙っていろ。私はお前の上官だぞ」

「くっ――――!」

ここで上官を出してくるとは……

黙れと言われれば黙らないわけにはいかないじゃないか。

「ルカ、何が目的だ?」

しんと静まり返った部屋でアシュリーが冷ややかな声でルカを追い詰める。

「アシュリーさん、ごめんなさい。僕、以前のルカのことは本当に何もわからないんです。でも、アシュリーさんにそこまで信じてもらえないくらい、ルカが悪いことをしてしまったのですね。アシュリーさん、ごめんなさい。ごめんなさい」

大粒の涙をボロボロ零しながら、必死に許しを請うルカの姿に胸が締め付けられる。

「本当、の……話なのか……?」

「だから、そう言ってるだろう」

アシュリーが驚愕の表情で私を見てくるが、今はルカを安心させるほうが先だ。

「ルカ、泣かないでいい。ルカはよく頑張っている」

ルカを胸に抱いて背中を優しく撫でると、ルカは私に身を預けて悲しげな声をあげ、涙を流し続けた。

「悪かった。お前たちの話、信じるよ」

ようやくアシュリーは納得したようだ。

「そうか、よかった。アシュリーなら信じてくれると思っていたよ」

「これを見たら信じないわけにはいかないさ。それで、これからどうするつもりだ？」

「どうするとは？」

「ルカは敵が多かっただろう？　それをなんとかしなければ、この子がこの先ずっと生きづらいんじゃないか？」

アシュリーはすぐに問題に気づいた。さすがだ。

「アシュリーに話したかったのはそこだ。悪い噂と違って、良い噂は広まりにくいものだからな。ルカが改心したから今までの出来事を全て忘れてくれと言うわけにもいかない。時間はかかっても少しずつやるしかないだろう」

「確かにそうだな。公爵はなんと言っているんだ？」

「父上もルカを心配はされていたが、事が事だけにまだなんとも……」

「そうか。というか、お前、公爵をもう父上と呼んでいるのか？」

アシュリーがからかい混じりにニヤニヤ笑っている。

「まぁ、一応もう夫夫《ふうふ》ということで一緒に生活しているからな。公爵に、もう息子だから父と呼んでくれと言われたのだ」

「ふーん。なら、お前たち……もう初夜は済ませたのか？」

アシュリーからの突然の爆弾発言に焦りしかない。

「ぶっ！　ごほっ。ごほっ!!　お前、一体何をっ――！」

「だって、もう夫夫《ふうふ》になったんだろう？　だから、ルカもこんなにお前にくっついているんだろうが。違うのか？」

「違うっ！　父上からも婚姻の儀までは最後まではだめだと釘を刺されているし、それに……」

「それに？」

もっと大事なことがある。それをアシュリーになんと伝えればいいんだ？

「あの、初夜ってなんですか？」

私が悩んでいる間に、ルカの可愛く純粋な声が部屋に響き渡った。

「えっ？　えっ？　えっ？」

ルカのその可愛い質問にアシュリーも焦った様子で私とルカを何度も見返した。

「えっ？　どういうことだ？」

私にだけ聞こえるように小声で尋ねてきたから、アイコンタクトでアシュリーに少し離れた場所に行くように促した。

「ルカはまだわからなくていいことだから、気にしないでくれ。アシュリーと少し話があるから、ちょっとここにいてくれるか？」

ルカは素直に頷き、私はホッと一息ついて、アシュリーと共に少し離れた場所に移動した。

「今のルカは何も知らないんだ」

「何もって……その、何もか？」

「ああ、そうだ。実はな、さっきの話でまだ説明してなかったことがあるんだが、私とルカの間に生まれてくる子は以前のルカの生まれ変わりらしい」

「えっ？　そうなのか？　じゃあ、あの秘薬をお前たちが使うわけか？」

さすが王子、あの秘薬のことを知っているようだ。

「ああ。だが、ルカはアレが勃つことすらも知らなかったからな。子どもの作り方なんて知るはずもない。そんなルカに、私は『僕にどうやったら子どもができるのか、じっくり教えてくださいね』と無垢な笑顔で言われたんだぞ」

「ぐぅっ――‼　そ、それはキツイな。お前、その場でよく襲わなかったな」

「父上が目を光らせているからな。夜はルカを抱きしめて寝ているが、当然何もなしだ。嬉しいが拷問だぞ」

「ははっ。お前のそのクマはそのせいか」

いや、笑い事じゃないんだが……

「だが、初夜という言葉の意味も知らんとはな。さすがに以前のルカに閨教育の実践はなかったにしても、夜伽に関しては一般常識として知ってはいただろう。それに、あの子も十八歳だろう？異世界では皆、あのような感じなのか？」

「いや、ルカが特別だろう。両親に虐げられて、窓も何もない場所に何年も監禁されていたそうだからな。世間とは隔離されていたはずだ」

「なるほど。知る術がなかったというわけか。じゃあ、お前がこれから『じっくりと』教え込んでいくわけだな」

「いやらしい言い方をするな。ルカをそんな目で見るのは許さんぞ」

「ははっ。はいはい、わかったよ。まぁせいぜい頑張るんだな。だが、爆発してルカを襲う前に、少しは発散しておいたほうがいいんじゃないか？」

「発散ってお前、まさか私をいかがわしい場所に誘うんじゃないだろうな？」

「馬鹿だな。いくら私でもそんなことするはずないだろう。ルカをお前に慣らしておけって言っているんだ」

確かに少しずつ教えようとは思っていたが、勃起さえも知らないルカ相手だと、蜜を出させることだけでも今のところは精一杯で、まだ私のモノを見せるまでには至っていない。

「見せるだけで怖がりそうでためらっている」

「ああ、確かにお前のはこの国でもデカいほうだろうからな。あの小さな身体でどうやって受け止めるのか、興味はあるな」

「だから、ルカをいやらしい目で見るなと言ってるだろ！」

「ははっ。だが、冗談抜きで自分から『教えてください』ぐらい言ったんだから、あの子も興味はあるんじゃないか？　怖がるというよりは自分とあまりにも違いすぎて驚くぐらいだろう。うまく誘導すれば、口淫できるようになるんじゃないか？」

なんてことを言うんだ⁉　私は順序立ててことを進めたいんだ。ルカを怖がらせたくはない。

だが、ルカの小さな口が私のモノを？

――ふふっ。ウィルのおっきぃ。くひ《口》にはいんないよ……でも、おいひ《し》ぃ
くっ――――！

想像するだけで昂ってしまいそうだ。

「ウィリアム！　しっかりしろ」

「ああ、悪い。つい想像して……」

「さすがにここで発散するわけにはいかないからな」

「わかってる。だいたい、お前が変なこと言い出すから」

「ははっ。そうだな、じゃあお前の無駄な体力を発散させてやろうか」

アシュリーはニヤリと不敵な笑みを浮かべ、一人でおとなしく我々の話が終わるのを待っているルカに近づいた。

「ルカ、ウィリアムが試合しているところを見たくないか？」

「わぁっ！　見たいです!!　見せてもらえるんですか？」

「ああ。もちろん。なぁ、ウィリアム」

なおもニヤニヤと笑いかけてくるアシュリー。

あんな期待でいっぱいのルカの目を見て、今更断れるはずもない。

だが、私が試合をしている間、ルカを一人にしてはおけない。

「試合はいいが、ルカを一人にはできないぞ」

「大丈夫だ、私が見ている」

それならばいいと了承し、ルカを連れて訓練場へ戻ると、そこではまだ騎士たちが自主練習を続けていた。

「誰かウィリアムの相手を希望する者はいないか？」

突然のアシュリーの言葉で騒つく若い騎士たちの中でさっと手を挙げたのは、さっきアシュリーと対戦していたキースだった。

「ぜひ、お願いします」

「本気か？」

「はい。ぜひ、お願いします」

「いいだろう、では準備を」

キースが準備をしている間に、少しでも騎士たちの目に入らないようにルカをアシュリーに先ほどの観覧席に連れていくように頼んだ。

しかし、ルカが小さな手でそっと私の袖を掴んだ。

「ウィル……僕、近くで見ていたいです。だめ、ですか……？」

こんなに可愛らしくおねだりされてはダメだとも言えない。

「ア、アシュリーから絶対に離れないように。いいな」

「わぁっ、嬉しいっ！　ウィル、大好きですっ!!」

「――っ!!」

満面の笑みで抱きついてくるルカに、私は喜びを隠せなかった。


『なぁ、あの子……フローレス公爵家のルカさまだろう？　めちゃくちゃ可愛くないか？』

『フローレス公爵家のルカさまといえば、手のつけられない乱暴者だって話じゃなかったか？』

『ああ、俺も聞いたことある！　とんでもないわがままで公爵さまも匙を投げてるって……』

『どこがだよっ!!　あんな可愛い子、見たことないぞっ!!』

『もしかして、ルカさまの可愛さを妬んでのデマか??』

『それはありうるな。だって見ろよ、あの可愛い顔。声も可愛いし……』

『抱きつかれていた団長、めっちゃ嬉しそうだし……』

『ってか、団長とルカさまってどういう関係なんだ?』

『わからん、でも羨ましすぎるな』


いかん、ルカの可愛さを騎士たちが気づいてしまった。

だが、概ねルカのイメージは向上しているようだな。

実際にルカに会えば、今までのイメージを払拭できるかもしれない。

それも含めてこれからの対策を考えたほうがいいか。

「ルカ、あちらで見ていよう」

アシュリーがルカに声をかけ、少し離れた位置まで連れていく。

「ウィル！　頑張ってください!!」

「ああ、任せてくれ」

ルカはにっこりと微笑むと、今度はキースに向かって笑顔で声をかけた。

「騎士さんも頑張ってくださいね！　応援してますから」

「――っ！　は、はい。がん、ばります……」

その満開の花のような笑顔を真正面で見てしまったキースは、顔を真っ赤にして茫然とルカを見続けていた。

「キースッ！　しっかりしろっ！」

私だけのルカの笑顔を取られた苛立ちに思わず大声を出すと、キースはビクッと身体を震わせた。

「だ、団長。申し訳ありません。お願いしますっ!!」

すっかり気を昂らせたキースと向かい合う。

アシュリーの「はじめっ！」の掛け声に、ルカの応援でやる気になったキースが勢いよく飛び込んできた。

キースの目にルカへの好意が見えた気がして、気づいた時にはキースの木刀をあっという間に弾き飛ばしていた。

ルカへの感情がここまで私を翻弄するとは思っていなかった。

けれど、キースの木刀を弾き飛ばした瞬間、あれほど騒がしかった訓練場が一瞬水を打ったように静まり返った。

やってしまったと思ったと同時に「それまでっ！」というアシュリーの合図が響き、その後、訓練場が揺れるほど騒然となった。

私が感情を抑えられないとはなんたる失態。ルカを怖がらせてしまったかもしれない。

そっとルカのいるほうに視線を送ると、ルカが私に向かって駆けてくるのが見える。

私も慌てて駆け寄ると、ルカの身体がトンとぶつかって私に軽い衝撃を与えた。

「ウィル!! すっごくカッコよかったです! もう、すごすぎて何がなんだかわからなかったけど……。でも、すっごくカッコよかったですよ」

頬を紅潮させ興奮しながら褒めてくれる姿に、キースへの嫉妬心が一気に霧散した。

「大したことはない。だがルカがそう言ってくれるのは嬉しいな」

「ウィルは本当にすごいです」

「ルカが応援してくれたからだよ」

「ふふっ。よかった」

ルカの笑顔を間近で見て幸せを感じていると、対戦相手のキースはまだ尻もちをついたまま、茫然として私たちを見つめていた。

「キースさん、でした? ウィルのようになるのは大変でしょうけど、頑張ってくださいね」

ルカは私に抱きつきながら、キースが立ち上がるのを手助けしようと片手を差し伸べたが、私のルカの手をキースに触れさせたくない!

どうやって引き離そうかと考えていると、アシュリーがさっとルカとキースの間に割り込むように入った。

「キース、大丈夫か? よく頑張ったな。ウィリアムの相手、お疲れさん」

さすがアシュリーだ。キースはルカの手を握れなかったことが残念そうだったが、握っていたら今ごろ命はなかったぞ！　ああ、本当によかった。

「ルカ、そろそろお茶でもしにいこうか」

「わぁっ！　行きたいですっ！」

その場でぴょんぴょんと飛び跳ねる姿が可愛い。

こんなにも喜んでくれるとは思わなかったが、考えてみれば、カイトは外に出ることができなかったと言っていた。

外でお茶などしたこともないだろう。それならばリサーチしておいた王都で人気のカフェにでも連れていこうか。

「アシュリー、後は頼むぞ」

「ああ。護衛はつけなくていいのか？」

「大丈夫だ、私がルカを守る」

アシュリーの目を見ながらしっかりと言い切った。

「ああ、お前がついていれば安心だな」

信頼しきった表情に私も笑顔で返した。

「じゃあ、ルカ。行こうか」

「はい。あの、騎士団の皆さん、突然お邪魔してすみませんでした。訓練、頑張ってくださいね。陰ながらずっと応援していますね」

「――っ‼　は、はい。ありがとうございます！　ルカさま」

若い騎士たちに向けてルカがにっこりと笑顔で声をかけると、皆、真っ赤な顔をしながらお礼を言いつつも、妙に前屈みになっている。

私のルカを見て何を考えているのかと若い騎士たちのほうをギロっと睨みつけると、皆一斉に『ヒィッ！』と震えながらその場に頽《くずお》れた。

「お前たち、よっぽど力がありあまっているようだな。腕立て伏せ千回、剣の素振り千回、すぐに始めろっ！」

私の命令に騎士たちは一斉に一直線に並び、腕立て伏せを始めた。

「後は頼む」

不思議そうに彼らを見つめているルカを抱きかかえ、私はアシュリーにもう一度声をかけてから訓練場を出た。

そのまま抱きかかえたままでも良かったが、さすがに目立ちすぎるかと名残惜しく思いながらもルカを下ろした。

ルカと寄り添い、しっかり手を繋ぎながら王都の広場近くにあるというカフェへと足を進めた。

「あの、ウィル……何か怒っていますか？」

私が怒る？　ルカに？

「いや、そんなことあるわけないだろう」

「でも……騎士さんたちへの声、怖かったですよ」

「ああ、上官として強く指示を出す時は、どうしてもそうなってしまうのだよ。大勢いるから小さな声だと聞こえないからな」

「ああ、そうか。そうですね」

ルカはようやく納得した様子で可愛い笑顔を見せた。

若い騎士たちがルカを見て股間を反応させたことが許せずについ感情のままにしごきを与えてしまった。しかし、今日は元々剣術の稽古の後はあのメニューをこなすことになっていたから、問題ないだろう。今頃、皆、頑張っているはずだ。

「ウィル、どこのお店に行くんですか?」

「最近王都で流行っている菓子があるとセス殿に教えてもらったんだ。私より、セス殿のほうがルカの好みを知っていると思ったのでな。今日はそこに行ってみよう」

「そうなんですね、嬉しいです。でも……僕、ウィルが連れていってくれるお店なら、きっとどこも好きになりますよ。だって、ウィルが連れていってくれるんですから」

「そ、そうか……そうだな。じゃあ、次は私の行きつけの店にでも行こうか」

「はい。楽しみにしてますね」

溢れるような笑みを見せるルカを本当に愛おしく思いながら、私はカフェまでの道のりを踏み締めるように歩き進めた。

＊　＊　＊

「わぁ、ここですか？　可愛い」

ウィルが連れてきてくれたお店は、店先にある大きな木が門のようにアーチを作り、店の玄関まで続く道の両脇に動物の置物が飾ってあってすごく可愛い。

昔、絵本で見たようなお店にワクワクが止まらない。

「さぁ、入ってみよう」

扉を開くとチリンチリンと音がする。その音がまるで風鈴のように聞こえて、なんだか懐かしく感じる。

「いらっしゃ――、ああっ！　団長さまと、フローレス、こ、公爵家の……」

その癒しの音に気を取られている間に、店員さんが来た。

でも、僕の顔を見て怖がってる？　ような気がする。

「どこでもいいのか？」

「は、はい。お、お好きな席にど、どうぞ」

ウィルの問いかけに店員さんは震える声で応えた。

僕とは目を合わせようともしない。

僕が来たら迷惑だったのかな。

途端に不安になる。帰ったほうがいいのかと思ってウィルを見上げた。

「ウィル……」

「大丈夫だから、席に着こう」

その優しい声になんとか頷き、ウィルに抱き寄せられながら空いている席に向かった。席へ向かう間もずっとお店の中はしんと静まり返っていて僕たちの歩く音だけが響く。

「ここに座ろう」

空いていた席へ腰を下ろすと、僕からは向かいに座ってくれたウィルの大きな身体しか見えなくなってホッとした。

「僕のせいですね。ウィル、嫌な思いをさせてしまってごめんなさい」

「違うっ、ルカのせいじゃない。だから気にするな」

やっぱりウィルは優しい。

その気持ちが嬉しくて頷いたけれど、まだ静かなままのお店の雰囲気が不安で仕方がなかった。

「こ、こちらが、メニューでございます」

店員さんが僕たちのテーブルにメニューを持ってきてくれた。でもその手が震えてる。

やっぱり僕のことを怖がっているのかな？

「ありがとうございます」

怯えながらもメニューを見せてくれたのが嬉しくて自然にお礼の言葉が出たけれど、店員さんは信じられないものを見たとでもいうような表情を見せ、あっという間にテーブルから離れていってしまった。

「ウィル……。僕、何か悪いことを言ってしまいましたか？」

「気にしないでいいと言ったろう？　さぁ、好きなものを選んでくれ」

ウィルが広げてくれたメニューには美味しそうな果物が載ったケーキや飲み物の絵が描いてあって見ているだけで楽しくなる。どれも美味しそうで迷ってしまい、なかなか選べない。

「僕……このタルトがいいです」

悩みに悩んで季節のおすすめと書かれた桃のタルトを指差した。

「美味しそうだな。じゃあ、それにしよう」

ウィルが手を挙げるとさっきの店員さんがすぐにテーブルにやってきた。そして桃のタルトと紅茶を二杯頼むとあっという間に持ってきた。

「お、お待たせいたしました」

ブルブルと震える手で僕の前にタルトと紅茶を置いていく。

大丈夫かな？　と心配になるほど震えていたけれど、なんとかテーブルの上にタルトと僕とウィルの分の紅茶を置いた。

「ありがとうございます」

ホッとした気持ちと目の前の美味しそうなタルトに嬉しくなって笑顔でお礼を言うと、さっきまで震えていた店員さんがなぜか急に顔を赤くした。

「い、いえ。ど、どうぞごゆっくり」

その態度の変化が気になったものの、甘い桃の香りが漂ってきて我慢できない。

「ウィル、食べてもいいですか？」

「ああ、どうぞ召し上がれ」

ウィルの許可をもらい、タルトにフォークを入れると、柔らかなクリームとサクッとしたタルトの生地の感触を感じる。切り分けた桃も一緒に載せて口に入れると甘い味が広がった。

「わぁーっ、これ、美味しいっ!!」

さすが季節のおすすめだ。こんなに美味しいものが食べられて幸せだな。

そう思ったら自然に笑顔が溢れた。

ウィルはそんな僕を笑顔で見つめている。

「ウィルも食べてみてください」

「いや、ルカが食べたらいい」

「でも、美味しいものは一緒に食べたほうがもっと美味しいですよ。ねっ！」

今まで食べたことのないほど美味しい桃のタルトを一人で食べるなんてもったいない。

美味しい味を共有したくてウィルの前にフォークを差し出した。

「あ～ん」

ウィルは一瞬ためらったように見えたけれど、口を開けてくれた。

「美味しい？」

「ああ、美味しいな」

「よかった。あっ――！」

僕の入れ方が悪かったのか、ウィルの唇の端に甘くて白いクリームがちょこっとついてしまった。騎士団の団長さんなのにこんな姿を見せちゃったらダメだよね。

誰にも見られないうちに急いでそれを指で拭い取り、自分の口に含んだ。

「ついちゃってました。やっぱり甘いですね」

「――っ！　ルカッ！」

突然ウィルの顔が赤くなってしまった。

「どうかしましたか？」

「いや、なんでもない」

んーっ？　どうしたんだろう……？

ウィルの反応に気になりつつも、美味しいタルトと紅茶を楽しんで僕は大満足だった。

「そろそろ屋敷に戻ろうか」

「はい。ここのタルト、すっごく美味しかったです」

「そうか、じゃあまた来よう」

ウィルにエスコートされて立ち上がろうとしたその時、突然僕たちの席の近くに人影を感じた。

あれ？　こっちにも席があったのかなと振り返ろうとした瞬間、バシャッ‼　といきなり冷たいものを顔に浴びせられた。

「わっ！　何？」

一瞬、何が起こったのか戸惑った。

グラスに入った水をかけられたとわかったのは、僕の前に空のグラスを手にした女の子の姿が見えたからだ。

「ルカッ！」

慌ててウィルがびしょ濡れの僕を抱きしめてくれたけれど、ウィルの服が濡れてしまう。

「だめです。ウィルまで濡れちゃいます」

「そんなことはいいっ！　怪我はないか？」

「あ、わからないけど、多分大丈夫、です」

ウィルは一瞬だけホッとした様子を見せたけれど、すぐに水をかけてきた女の子に向かって怒鳴り始めた。

「君はいきなりどういうつもりだ⁉　平民が貴族に手をあげていいと思っているのか？」

「な、何よっ！　騎士団の団長のくせに悪者の味方をするの？」

「なんだとっ⁉」

「うちの弟は、ルカさまに命令されて無理やり木に登らされたうえに、池に落とされて死にかけたんだから！　そんな悪者の味方するなんて最低ね！」

えっ、弟さんが、死にかけた？

うそっ、ルカがそんな酷いことをしてしまっていたの？

「そんな話は公爵から伺っていないが……」

「父さんが公爵さまに迷惑かけちゃいけないって、何にも言わなかったのよ！　そのせいで医者にも行けず、可哀想な弟はもう少しで命を落とすところだったんだから！　それなのに！　よくそんな楽しそうに食事なんかできたものね！　どうせルカさまにとっては、弟を無理やり木に登らせるのも、池に落とすのも、退屈な時間を紛らせるための遊びだったんでしょう？　でもね、弟はおもちゃじゃないの！　私にとってはたった一人の大切な弟なんだから‼」

わぁーっ、と大粒の涙を流しながらその場に座り込む、僕よりも幼い彼女を見て胸が痛んだ。

あの時、会ったルカは確かに素直ではなかったけれど、そんなに酷いことをする子には見えなかった。でも弟がされたことを自分のことのように怒り、涙している彼女が嘘をついているようには思えなかった。

「ルカ、大丈夫か？」

ウィルが心配してくれるのは嬉しいけれど、僕はルカの罪も全部含めて、新しいルカとして再出発すると誓ったんだ。

だから、ルカのせいで傷つけてしまった彼女や弟さんには心からの謝罪をしないといけない。

「ウィル。僕は大丈夫です。心配しないでください」

「だが……」

心配の色を隠せないウィルにもう一度大丈夫だと言って、僕は彼女に近づいた。

髪の毛からはまだポタポタと水が溢れていたけれど、全然気にはならなかった。

「あの……」

「な、何よ！　濡らされたからって今度は私も池に落とすつもり？　やれるものならやってみなさいよ！　私は覚悟を決めたんだから！」

彼女は震えながらも強気に言い放った。

でもその表情を見ると、ほんの少し後悔の色が見えた。きっと怒りのままに僕にしてしまったことを悔いているんだ。

でも、彼女が後悔することはない。僕《ルカ》が悪いことをしたんだから。

そのことについて責任を取るのは僕しかいない！

「僕がしてしまったことは謝って許してもらえることじゃないってよくわかっています。弟さんも、そしてあなたも、怖い目に遭わせてしまって本当にごめんなさい」

「えっ――!? あ、あの……ルカ、さま?」

「本当にごめんなさい」

驚いている彼女の前に僕は両膝をつけて座り、両手を床につけて頭を下げた。

「ルカッ!」

ウィルが僕の身体を隠すように覆いかぶさった。

でも、僕が責任を取る方法がこれしか思いつかない。だから必死になって謝る。

「ごめんなさい……ごめんなさい……」

「君の怒りはもっともだが、今日のところはこれでなんとか許してもらえないか? 私からも謝罪する。申し訳ない」

彼女に向かって必死に謝り続ける僕をウィルが支えながら一緒に謝ってくれた。

「な、何よっ、なんでそんな……そんなふうに謝られたら、私……」

「本当にごめんなさい。もう二度と誰かを傷つけるようなことはしません」

「――っ! ああ、もうっ! 調子が狂うじゃない! わかったわよ! 許せばいいんでしょ! 許せば! でも、水をかけたことは絶対謝らないんだから!!」

彼女はすくっと立ち上がり、そう言い残してお店から走って出ていってしまった。

「ルカ、大丈夫か?」

「はい。ウィルにも嫌な思いをさせてしまってごめんなさい」

騎士団の団長であるウィルにこんなことをさせるなんて、夫《つま》として失格だ。

「私はルカの伴侶だぞ。嫌なことも辛いことも共有するのが夫夫《ふうふ》というものだ」

「ウィル……」

どうしてこんなに優しいんだろう。

僕は涙を流しながら抱きついた。

「ルカ、家に帰ろう」

僕が小さく頷くと、ウィルは僕を抱きかかえたまま立ち上がった。

ずっと成り行きを見守っていたお店の人がそっと近づいてきた。

「ご迷惑をかけてしまってごめんなさい。あの、タルトも紅茶もとても美味しかったです」

こんな迷惑をかけてしまったから、もう二度と来られないかもしれない。

けれど感想だけは伝えたかった。

いつの間に来たのか、お店の前に公爵家の馬車が待っていたので、それに乗り込んでお屋敷へ向かった。

「ルカ……よく頑張ったな」

「はい。以前のルカがしたことは、僕がちゃんと償わないといけないんです。だから、さっきのあの子は何も悪くないんです。だから……」

「わかった。彼女のことは心配しないでいい」

その言葉にホッとして、僕はウィルに身を預けた。

ウィリアムサイド

「ルカさまっ！　どうなさったのです？」

髪と上着を濡らし、私に抱きかかえられたまま憔悴しきった様子で帰宅したルカを見て、出迎えたセス殿は一気に顔を青褪めさせて駆け寄ってきた。

セス殿が心から心配してくれていることがよくわかるから、ルカはなんと説明すればいいのかと悩んでいるようだった。

「ルカ、私が話しておくから無理しないでいい」

ルカは安心したように私に身を預けてきた。その身体が少し震えている。

すぐに温めてやらなければ。

「セス殿、ルカは少し疲れている。後で私が説明するので、今はそっとしておいてくれないか。申し訳ない」

「ウィリアムさま。私のほうこそ考えが至らず申し訳ございません。ルカさまをどうぞよろしくお願いいたします」

ルカが心配でたまらないだろうセス殿には申し訳ないが、今は少しでも早く部屋に行ってルカを落ち着かせたい。

私は足早に我々の部屋へ向かった。ルカをソファーに下ろしてタオルや着替えを持ってこようと思ったが、少しでもルカと離れるのが心配だ。ルカを抱きかかえたまま必要なものを取り、一緒にソファーに腰を下ろした。膝に座らせたまま、ルカの濡れた髪を拭いた。

「風邪を引くといけないから、すぐに着替えよう」

頷きはするもののルカはまだ一言も発しない。おそらく以前のルカがしでかしたことにショックを受けているのだろう。

自分が一度死ぬという苦しみを味わっているから、彼女の弟を殺めかけたことを知って余計に辛いに違いない。

「ルカ。私がついていながら、辛い目に遭わせてしまって申し訳ない」

頭を下げると、ルカは焦ったように私に抱きついてきた。

「今日のことはウィルのせいじゃないんです。僕がルカを止められなかったから……。だから僕のせいなんです」

「止められなかったって、どういうことだ？」

「前にルカと話した時に言われたんです。『意識がないはずのお前が時々出てきて、僕を注意してくれていたのにな』って。僕は何も覚えていないけれど、ルカが八歳で真実を知らされてからもずっと一緒に過ごしていて、ルカがとんでもないことをしてしまった時には、頭の奥で僕の声が聞こえて制御していたそうです。昔、ルカがウィルを池に落としてしまった時も、すぐにセスに助けを呼ぶように声をかけたみたいで……。だから、あの子の弟の時だって、僕がちゃんとルカを守っていれば、あの子は弟を失う恐怖に怯えることもなかったんです。そんな怖い思いをしたんです、僕が文句を言われても仕方ないんです。僕が全部悪かったんです」

「――っ!!」

暴走していたルカを、カイトの意識が止めていた。今、確かに目の前のルカはそういった。

そうか、そうだったのか。

ルカが私を池に落としたあの時。ルカが笑顔の奥に隠していたのは、涙を流していたのは、目の前にいるルカ《カイト》だったんだ。私があの日、心惹かれたのは、正真正銘目の前にいるこのルカ。

やはり私たちはあの時から、一生を共にする運命だったんだ。

それならば、やはりルカの罪はルカ《カイト》だけのせいではない。

「以前のルカの犯した罪の償いをするなら、それを私にも負わせてくれないか?」

「えっ?　でも、ウィルが今日の僕のような目に遭うのは嫌です」

「私だってルカだけにあんな思いをさせるのはもうたくさんだ。言っただろう?　私たちは一生を共に過ごすと約束したんだ。辛いことも全て共有すべきだろう?」

辛いことは半分背負い、そして嬉しいことは二倍喜ぶ。これが夫夫《ふうふ》としてあるべき姿だ。

「ウィル……」

「今日はあまりにも突然の出来事で、ルカが土下座をするのを止めることができなかったが、これからはちゃんと考えよう。罪を償うのに土下座は良い手段とは思えない。ルカが本気で以前のルカの犯した罪を受け入れ、償うと言うのなら、皆が幸せになれるように罪を償っていこう」

「幸せになれるように？」

「そうだ。ルカにしかできないことがあるはずだ」

「僕にしかできないこと……」

「それを一緒に考えていこう」

そう提案すると、ルカは頷いた。

「よし。良い子だ」

ルカをぎゅっと抱きしめると、額がほんのり熱く感じる。

「んっ？　ルカ、熱が上がっているのではないか？」

「ウィルに抱きしめられているからですよ、きっと。大丈夫です」

そう言ってくれるのは嬉しいが、これは確実に熱を出している。

そっと首筋に手を当てると、額よりも数段熱い。

「ルカ、やはり熱がある。医師を呼ぼう」

私は大丈夫と言い張るルカを抱き上げたまま、扉を開けて大声でセス殿を呼んだ。

「ルカが熱を出しているようだ。すぐに医師を呼んでくれ」

駆け寄ってきたセス殿に声をかけると、急いで医師を呼びに駆けていった。

私はルカをベッドに寝かし、眠りにつくまで傍にいるからと声をかけると、安心したように笑顔を見せた。

こんな小さな身体で人々の恨みを受けて疲弊《ひへい》したのだろう。ルカはすぐに眠りについた。

それからすぐに扉を叩く音が聞こえて、私はルカを起こさないように静かに傍を離れた。

「ルカが熱を出したと聞いたが？」

てっきりセス殿と医師だと思ったが、そこにいたのは父上だった。

一体何があったんだと威圧感を前面に押し出した父上の姿に倒れそうになる。

それでもルカを守らなければいけない。

「はい。後でご報告に伺うつもりでしたが、まずは医師の診察を受けさせたく存じます」

毅然とした態度で言い切った。

「わかった」

父上は私の目をまっすぐ見て一言そう告げ、後ろにいたセス殿と医師に中に入るように指示を出した。医師の見立てでは心労と身体が急激に冷えたことによる発熱だそうで、ルカに暖かい布団を被せてそのまま寝かせることにした。

「それで、何があったのだ？」

父上の執務室でセス殿も交えながら問いかけられた。

「実は王都のカフェで幼い女の子にルカがグラスの水をかけられたのです」

「なんだと？」

怒りを抑えられない様子の父上に、私は女の子とのやりとりを包み隠さず説明した。

「ルカとその男の子との話をご存じでしたか？」

「ああ、確かにルカが、庭師のジェイムズの息子を無理やり木に登らせ、池に落としたことがあった。池に何か大きなものが落ちた音を聞き、駆けつけたジェイムズがすぐに息子を救い上げてことなきを得たと聞いていたから、まさか命が危ない事態だったとは思いもしなかった。ジェイムズが問題はなかったと言っていたのを鵜呑《うの》みにしたのだ。まさか、私に遠慮して隠していたとはな」

「ルカは自分がその子を殺めかけたことに、ひどく心を痛めたようです」

「あの子自身は何もしていないというのに。ルカになんと詫びればいいか……」

「いいえ、父上が謝罪されることをルカは望んでおりません。以前のルカが傷付けた人への罪は自分が償うと心に決めているようです。父上、あの子は弱そうに見えますが、芯の強い子ですよ。ルカはこれからどう過ごしていけばいいか、自分で解決策を見出すはずです」

「だが、あの子は何も知らないだろう？　今までのルカのことも、そしてこの世界のことも……」

「父上、私がおります。私は今のルカと共に一生を歩む決意をしたのです。ルカが皆から信用を取り戻せるよう、私も最善を尽くします」

私がじっとその目を見つめながら思いの丈をぶつけると、父上は驚きながらも納得したように頷いた。

「実はな、今日陛下の元へ相談にいっておったのだ」

「陛下に？　なんのご相談でしょうか？」

「ルカが別人格に生まれ変わったと告白したのだ」

私がアシュリーに報告したように、父上も兄上であるグレン国王陛下にこれまでのことを全て打ち明けたようだ。

信じてもらえたのであれば、これ以上強い味方はいないだろう。

「それで陛下は信じてくださったのですか？」

「ああ、もちろんだ。その上で、ルカのこれからのことを相談したのだ。今まで通り、カイトがルカとして生活すれば、今日のようなことがまた起こりうる。水をかけられるならまだしも、これが刃物であればすればどうなるか。いや、連れ去られるなんてことも考えられる」

ルカが刺されたり、連れ去られるなんてこと自体、考えたくもないが、今日の件を思えば大袈裟だとは思えない。

「公爵令息として不測の事態に備え、身を守れるくらいの護身術を習得していた以前のルカならいざ知らず、今のルカには自分自身を守る術がない。其方が常にルカについているとしても、いつどこで一人になるかもわからぬ。それに今のルカに、いつ襲われるかもわからない恐怖に怯えながら生活させるのは酷というものだ。今のルカが安心して生活するには、以前のルカとは変わったのだと周知させる必要がある」

アシュリーには私がルカを守るなどと大口を叩いたが、私はルカの傍についていながらあの少女がルカに水をかけるのを止めることさえできなかった。子どもだからと油断してしまったのだ。

もし、ルカが一人の時を狙われでもしたら、父上の言う通り、ルカは何もできないだろう。

「確かにその通りです。ですが、どのようにして周知させるのですか？」

「陛下がルカのために宴《パーティー》を開こうと提案してくださった」

「宴《パーティー》を？」

「ああ。二週間後に其方とルカの婚姻の儀も兼ねて、王家主催の宴《パーティー》を開催することにしたのだ」

「二週間後？　婚姻の儀は一か月後では？」

「陛下が、其方がルカの伴侶となったことを少しでも早く国内に広めたほうがいいと仰るのでな。私も日取りに関しては抵抗したが、ルカの平和な生活を望むなら早いほうがいいだろうと押し切られてしまったのだ。だが、其方がどうしても一か月後がいいと申すなら、もう一度私が陛下に頼みに――」

「いえ、二週間後でっ！　二週間後でお願いいたします」

まさか、半月も早くルカと正式な夫夫《ふうふ》になれるとは思ってもみなかった。

しかし、裏を返せばそれほどルカを心配されているということだ。

これから私たちが夫夫《ふうふ》として幸せな時を過ごしていくためには、その宴《パーティー》での皆の反応が大きな鍵となる。

「ウィリアム、ルカを頼むぞ」

父上の低い声色に身が引き締まる思いでいっぱいになった。

「私にお任せください」

もう二度とルカに今日のような思いはさせない。私は深く心に刻んだ。

部屋に戻ると、まだルカは寝覚めていないようでホッとした。起きた時に一人にはさせたくなかったからだ。そっと眠っているルカの隣に腰を下ろした。ゆっくりと頭を抱き上げて膝に乗せ、ルカの綺麗な艶髪を優しく撫でた。まだ少し濡れている。

あのカフェでの出来事が私の脳裏に一気に甦る。

人の憎しみの気持ちに真っ向から向き合ったルカ、あの時の思いはいかほどだったろう。相手が子どもだったからこそ、嘘偽りのない憎しみがルカの心を抉《えぐ》ったはずだ。

この国唯一の公爵家の跡継ぎであるルカの婚姻の儀と共に、王家主催の宴《パーティー》を開くとなれば、国内の貴族は全て参加するはずだ。

その中で誰がルカに恨みを持っている人物といえば、一人思い当たるが、それ以外にもいるかもしれない。すぐに調査を入れよう。

アシュリーに相談して、当日はルカの周りを騎士たちで固めたほうがいい。

そんな考えを思い巡らせていると、ルカが身動《みじろ》いだ。

「んっ……」

「ルカ、起きたのか？」

「やっぱり、ウィルだった」

「どうしたんだ？」

嬉しそうに笑顔で見上げてくるルカが愛おしい。

「ウィルの匂いが、夢の中でもしていました。だから起きた時も抱きしめられていたらいいなって思っていたんです。そしたらウィルが本当にそうしていてくれたから嬉しくて……」

この子はこれだけのことでこんなにも笑顔になってくれるのだ。

この子の笑顔を一生守り続けたい。

それが私の使命なのだと心から思った。

「ルカ、私たちの婚姻の儀が早まるそうだ」

「えっ？　どうしてですか？」

「私もルカもお互いに愛し合っているから、父上と国王さまが早く正式な夫夫《ふうふ》にしたいと思ってくださったのだよ」

ルカは一瞬喜びを滲ませたものの、急に悲しげな顔になっていく。

まさか、私との結婚が嫌になったのではないかと一抹の不安が頭をよぎる。

いや、たった今幸せそうな笑顔を向けてくれたばかりではないか。

焦る心を必死に抑えながら冷静に尋ねてみた。

「何か気になることでもあるのか？」

「だって、一か月くらい僕の蜜をウィルに取り込んでもらわないと、僕たちの赤ちゃんができないんですよね？」

「えっ？」

「そんな未完全な身体じゃウィルのお嫁さん？　になれないでしょう？」

「ぐぅっ――!!」

ルカが私のお嫁さん。確かにルカは私の夫《つま》となるのだが。

いや、子を産むのだから妻でいいのか？

いや、それよりも私が言った戯言を本気で考えていたのだ……

どうする？　なんて言えばルカを安心させられるだろう。

「ウィル……？　やっぱり、僕……」

「大丈夫だ、心配しなくていい。ルカが頑張れば二週間でも完全になれるよ」

「本当ですか??　じゃあ、僕、頑張ります!!」

屈託のない笑顔でそう宣言され、私は笑顔で返すのが精一杯だった。

「アシュリーッ‼　私は一体どうしたらいいのだ⁉」

ルカの体調が心配で騎士団を休んでいた私は、三日ぶりに騎士団の詰所に到着早々、アシュリーの部屋に飛び込んだ。

「ウィリアム、落ち着けっ！　一体どうしたんだ？」

心配をかけて申し訳ないと思いつつも、今はアシュリーに話を聞いてもらうしか方法がない。

「ルカが！　ルカがっ‼」

「ルカがどうしたんだ？　またわがままで凶暴なやつに戻ったとでもいうのか？」

「違うっ‼　ルカが可愛すぎるのだっ！！！！！」

「はぁっ⁇」

愛しい者がいないアシュリーには理解できないだろうな。

だが、本当なのだ。

「朝起きてから、夜眠るまで……いや、眠っている時でさえ、可愛すぎるのだ。毎日可愛さの上限を超越していくルカの傍にいて私はこのままあと十日も耐えられる気がしない」

この数日、どれほど理性と闘ったか。

私の苦悩をわかってほしくて必死に訴えるが、アシュリーは呆れ顔で私を見た。

「私はお前が休んだ分の仕事が溜まっていて忙しいんだ。そんなことを言っている暇があったら、さっさと仕事をしろっ！」

「アシュリー！　それは冷たすぎるだろう!!　ルカはお前の従兄弟だろう？　そして、お前は私の従兄弟でもある。もっと親身になってくれてもいいではないか？」

今はアシュリーが王子だろうが上官だろうが関係ない！

もっと私の大変さを理解してほしいのだ。

このままでは婚姻の儀を待つことなくルカを襲ってしまうかもしれない。

そうなればもう終わりだ！

「わかった、わかった。話を聞いてやる。その代わり、聞いてやったらすぐに仕事に取りかかるんだぞ！」

「さすがアシュリー!!　本当にお前はいいやつだな」

やっとわかってくれたか。アシュリーのような理解者がいて私は幸せ者だ。

「それで、ルカが可愛すぎるって？　ルカはお前の夫《つま》になるんだろう。夫《つま》が可愛いならいいことじゃないか。何が問題なんだ？」

なんてことだ！

ちっともわかっていないじゃないか！

こんなにも私が苦労しているのに！

「はぁーーーっ！」

アシュリーが理解してないことに大きなため息が漏れる。本当にわかっていない。

「問題も問題だよ。朝は私の胸元に擦り寄ってきて口づけをねだってくるし、着替えを手伝えば、可愛い胸の蕾がぷっくりと膨らんで私に触れてほしそうにねだってくる。ルカと片時も離れたくなくて、屋敷の中ではずっとルカを抱きかかえているが、すぐ近くにルカの顔が見えるとすぐに口づけをしたくなるし、食事の時間には雛鳥のように可愛らしく口を開けて私が料理を運ぶのを楽しそうに待っているルカが可愛くて、押し倒したくなる」

私は話しているうちに止まらなくなってしまった。

「昼寝をすれば、夢の中でも私を探しているのか『ウィル、好き』と可愛い声で囁いてくるし、風呂に入れれば、私に蜜をたくさん飲ませるからと目の前で必死に蜜を出そうと頑張って擦って見せるが、私の手でないと気持ちよくないと言って、私に蜜を出させてとねだってくるし、蜜が少しでも溢れると、もったいないから全部綺麗に舐めとってとねだられて、その上、こんなにも可愛いルカと一日中一緒にいながら、私のモノには一切触れさせられない」

それに、それにだ!!

「仕方なくルカが寝入ってから、一人で寂しく慰める毎日だ。だが、可愛らしいルカの姿にやられてしまっている愚息は一度や二度出しただけでは収まらないのだ。ルカの中に挿入できれば、愚息もすぐに落ち着くと思うが、それはあと十日は許されない……。ああ、私は一体どうやって過ごしたらいいのだ？」

アシュリーが理解できるようにルカとの日々を事細かに説明して、私がどれだけ本能に抗って我慢しているかを伝えた。

だが、アシュリーは黙って話を聞いていたかと思えば、とんでもないほど大きなため息を吐《つ》き、呆れた表情で私を見た。

「本当にお前はウィリアムか？　お前がこんなにも愚か者だとは思わなかったぞ。だから、この前私が言っておいただろうが。ルカにも少しずつ慣れさせておいたほうがいいと。いい加減、覚悟を決めて、さっさとお前の途轍もなくデカいソレを見せてやれ。ルカが少しでもお前の相手をすれば、あと十日くらい我慢できるだろうが」

「ルカに慣れさせろと簡単に言うが、いざ、これで怯えられでもすると初夜すらできなくなる恐れがあるのだぞ」

「だが、必死に初夜まで耐えた結果、その場で初めて見せて怯えられてできなくなるほうが辛いだろうが」

「ぐっ――!!」

アシュリーの一言が私の心を抉《えぐ》る。

限界まで我慢を重ねて初夜で拒否されたら、それは辛すぎる。

「確かに、それはそうだが……」

今見せて怯えられるほうがマシなのか？

だが、婚姻の儀を前に怯えられて触れられなくなったら、それこそ立ち直れそうにない。

「いい加減覚悟を決めろ。今のルカは何も知らないんだろう？　お前の巧みな話術で言いくるめれば、口でヤラせることくらいできるだろう？」

「お前、人を詐欺師扱いするな！」

「そのようなものだろう。どうせ、屋敷の中で抱きかかえているのも、夫夫《ふうふ》なら常に一緒にいるべきだ、とかなんとか言ったのだろう？　風呂で蜜が云々《うんぬん》などと言ったのも、お前がうまいこと誑《たぶら》かしたのだろう？　そうでもなければ、何も知らないルカが自らそのようなことをねだるわけがない」

アシュリーの正論にぐうの音も出ない。

そうだ、私がルカを唆《そそのか》した。

素直なルカは私の言う通りにするが、それが嬉しかったんだ。

だが、最初からそれを狙っていたわけではない。

「不可抗力だったんだ。最初は触れるだけにしようと思っていたんだ。本当だぞ。だが、勃つことも知らないルカが私に触れられて勃起して、それが病気ではないかと不安そうだったから、そうではないと教えるために、私が夫として認められた証なのだと教えたのだ。それで処理の方法を純粋に教えようとしただけだが、出てきた蜜が……」

「まさか……」

「ああ、そのまさかだ。甘かったんだよ。ルカの蜜が」

蜜が甘いのは、人生で一番最初の吐精だけ。しかも、それを他人が舐めることができれば、舐めた者の細胞が瞬時に組み換えられ、お互いにいつでも甘く感じるようになるのだ。

そうなったが最後、その者以外との性交渉などできようはずもない。

もうその者の甘い蜜の誘惑に勝てないのだ。

しかし、通常はあり得ない。

なぜなら初めての吐精を他人と共に迎えることは、きわめてまれだからだ。

まさか、以前のルカも含めて本当に初めてだとは思わなかった。

神が私のためにそうしてくれたとしか考えられなかったんだ。

そこまで話をするとアシュリーは私がどれだけ理性と戦い、苦悩に満ちた日々を過ごしていたかをようやく理解したようだ。

「そうとわかればなおのこと。今日、帰ったら早速お前のモノをルカに見せるんだ。それでうまく口でヤるように誘導しろ。ルカが怯えようとも、出てくる蜜が甘いとわかれば今度はルカのほうから率先してヤるようになるだろう。なんとかそれで十日間耐えるんだ」

「そううまくいくか？」

「やってみないとわからんだろう。しかし、これから十日間耐え忍ぶよりはマシだ」

「確かにそうだな……。よし、わかった。早速今夜にでも、いや、早いほうがいいか。今からすぐ屋敷に帰って――」

「ウィリアム、仕事はしていけよ！　ただでさえ、お前が三日も休んだ分のとんでもない量の仕事が溜まってるんだからな!!」

アシュリーは部屋を飛び出そうとした私の行く手を阻むように念を押し、私はしぶしぶ仕事に取りかかった。脇目も振らずに自分の持ちうる全ての能力を集中し、予定の三分の一ほどの時間で仕事を終わらせ、私はルカの待つ屋敷へ飛んで帰った。

＊＊＊

「ルカさま、ウィリアムさまがお帰りに――」

「ルカッ！　いま帰ったぞ」

今日はどうしても騎士団の仕事に行かなければならないと言って、朝から泣く泣くお仕事に行ったウィルが、まだ夕方にもならないうちに、息を切らせながらセスを押し退けるように部屋に入り、僕のところに駆け寄ってきた。

「ウィル！　もうお仕事終わったんですか？　それにそんなに息を切らせてどうしたんですか？」

「ルカとの時間を過ごしたくて急いで仕事を終わらせたんだ。ルカに会いたくて走ってきただけだから心配しないでいい。それよりも会えなかった時間分、抱きしめさせてくれないか」

そう言うが早いか、僕を抱き上げた。

一緒に部屋に来たセスはウィルが僕を抱き上げたのを見るや否や、スッと扉を閉めて出ていってしまった。せっかく部屋に伝えにきてくれたのに申し訳ない。

そう思いながらも、ウィルに抱きかかえられるのは嬉しくて仕方がない。

そういえば今日は、ウィルが仕事に出かけてからお父さまとセスに言われて、部屋でのんびりソファーに座っていたし、ウィルが一緒にいる時はずっと抱きかかえられているし、ここ最近、自分で歩いた時間がほとんどないような気がする。

あんまり動かずにいて、太ってウィルに抱っこしてもらえなくなったら困るなぁ……なんてことを思いながら、ウィルに話しかけた。

「玄関でウィルをお出迎えしようと思っていたんですよ」

「悪い、少しでも早くルカに会いたくて、そろそろ帰るという報告の早馬を出すのを忘れていた」

「そんなに僕に会いたかったんですか？」

「もちろんだよ。離れている時間が数か月にも感じたよ」

冗談でなく、本気でそう思っているように見える。

それくらい僕を思っているんだと考えると嬉しくてたまらなくなる。

「お帰りなさい、ウィル」

本当は今日、玄関でお出迎えした時にしようと思っていたお帰りなさいのキスを、今ここで実践した。

「ルカーッ！　ああっ、もうっ！　お前はどうしてそんなに可愛いのだろうな」

「えっ？　ウィル？」

ウィルは突然僕をぎゅっと抱きしめて、真剣な表情で僕を見つめた。

「ルカ。私たちの婚礼の儀までの日にちが短くなっただろう？」

「えっ？　あ、はい。だから毎日一生懸命、蜜を……」

「ぐっ――！　そ、そうだな。ルカはよく頑張っているな。だから、今日は少し次の段階に進もうと思っているが、ルカはどう思う？」

「次の段階、ですか？　はいっ！　僕、ウィルのためならなんでもします!!」

「ぐぅっ――！　な、ならば、今日の夕食後、風呂に入った時にでもするとしようか」

「えーっ、でも、まだお食事の時間には時間がたっぷりありますよ。せっかく早く帰ってきたのですから、今のうちに少し進めませんか？　時間ももったいないですよ。ねっ、だから食事までの時間に少ししましょう！　だめ、ですか？」

せっかく次の段階に進めると言ってくれたのに、夜まで待つのはもったいない気がして、一生懸命ウィルにお願いした。

「いや、しかし……うーん、だがな……」

「ねっ、悩んでいる時間がもったいないですよ。僕、早くウィルと先に進みたいです……」

なんとも煮え切らないような言葉を並べるから、ウィルの顔を見上げながら頼んでみた。

「ぐぅぅぅーーっ！」

ウィルはなぜか苦しげな声をあげて僕を抱きかかえたまま寝室を通り過ぎ、その奥にあるお風呂場へと連れていってくれた。


「次の段階はお風呂でするってことですか？」

「い、いや。騎士団から帰ったばかりで汗臭いだろう？　一応騎士団から出る前にシャワーを浴びてきたが、ルカに触れてもらうなら身体を清めておかなければな」

「ウィルは綺麗好きなんですね。でも、僕、ウィルの汗の匂い好きですよ。すごく濃くて、なんだかとっても美味しそうです。ずっと嗅いでいたくなります」

首筋に顔を近づけると、本当にいつもより濃いウィルの匂いがしてドキドキした。

「ルカッ!!　ああ、もうっ！　本当にお前は私の理性をどんどん壊していく。もう我慢できそうにないぞ」

ウィルはますます苦しげな表情になって、そのまま寝室へと引き返した。

「ウィル、何か怒ってますか？」

「ルカ、違うんだ。私が愚かなだけだよ。ルカが好きすぎて壊してしまいそうだ」

「大丈夫ですよ。僕は壊れたりしません。だってウィルに好かれることは僕の幸せですから」

「ルカッ!!」

ベッドに座らせ、ぎゅっと抱きしめたかと思うと肉厚な唇が僕のそれに重なった。

「んん……っん」

唇ごと全部食べられてしまうんじゃないかと思うほど、はむはむと甘噛みされて唇を舌で舐められる。あまりにも長く唇を重ねて苦しくなってきた。

ほんの一瞬、ウィルの唇が離れた隙に息を吸おうと唇を開いたら、その瞬間を狙っていたかのようにウィルの舌が僕の口内に滑り込んできた。

「……ふぁ……っん……はぁ」

ウィルの舌は僕の口内を自由に動き回り、何もできずにいる僕の舌に絡みついてくる。

気づけば僕の舌もウィルの舌の動きを真似するようにウィルの口内を動いていた。

それが嬉しかったのか、キスをしながらでもウィルが微笑んだのがわかった。

クチュクチュと絡み合う音が耳に響いてきてようやく唇が離れた。

あまりにも長いキスに頭がクラクラしたけれど、僕は幸せでいっぱいだった。

「ああ、ルカ。愛おしすぎる……」

ぎゅっと抱きしめられると、ウィルの汗の匂いが鼻腔をくすぐる。

「ウィル……好きです」

心から溢れ出た言葉にウィルが破顔した。

「ああ、私も好きだ。愛してる……」

もう一度キスが始まる。

そう思った時、ウィルのズボンの中にものすごく硬くて大きなものがあるのに気づいた。

「あれ？　ウィル、この大きなものはなんですか？」

「えっ!!　そ、それは……」

「大きな、棒？　かな？　騎士団で使うものをズボンに入れているんですか？」

「いや、そうじゃ、ないんだが……」

なんとも歯切れの悪いウィルが気になりながらも、ものすごく大きな棒の存在が引っかかって手のひらで撫でてみた。

「ぐぅーっ、いや、ルカ……ちょっ――！」

ウィルの声が大きくなるのと同時に、なぜか棒がどんどん大きくなっていく。

ますます気になって、僕はウィルのベルトを外しにかかった。

ウィルの手は僕を止めようとしているけれど、全然力が入っていない。

なんだろう？　なんだか宝探しみたいだ。

でもウィルが座っているとズボンを脱がせられない。

「ウィル、膝立ちになってください」

「いや、それは……」

「だめ、ですか？」

「くっ――!!」

ウィルを見上げてお願いすると、ウィルは何かを諦めたかのような表情でゆっくりと膝立ちになった。

「ルカ、怖がらないでくれ」

「何をですか??」

聞き返したけれど、ウィルは黙って僕を見つめている。

なんだろうと不思議に思いながらも、ウィルのベルトを外してズボンと下着を下ろした瞬間、ペチンッと僕は頬に衝撃を感じた。

ウィリアムサイド

「わぁっ!!」

自分でも制御できないほどに育った愚息は、ルカが私のズボンと下着を脱がせた瞬間、勢い余ってルカの頬にぶつかってしまった。

「ルカっ！　大丈夫か？」

怖がらせてしまったか。やはり見せなければよかった。

ルカの果実のような可愛らしいモノとは比べようもないほどグロテスクだ。

しかもそれがルカの頬に当たるなど、とんでもない仕打ち。

ルカはもう二度と私に近づこうとしないかもしれない。

一瞬のうちにそんな未来まで想像した。

だが、現実は私の予想を大きく上回った。

「わぁっ‼　すごいっ‼　ウィルのってこんなに大きいんですか⁇」

ルカはグロテスクな愚息を怖がるどころか、なぜか目をキラキラ輝かせながら触れてくる。

ルカは柔らかく小さな指でツーッと撫でると、嬉しそうに愚息に近づく。

「すごい、おっきぃ‼」

「くっ――‼」

興奮気味に喋りかけてくるその吐息が当たるだけで、我慢できないほどに感じてしまう。

まさかルカがこんな反応をするとは思ってもみなかった。

あれほど必死にルカの目につかないように必死で隠してきたのに、この反応は一体どういうことだ？

「ル、ルカ……。こ、怖くないのか？」

「怖い？　どうしてですか？」

ルカは何を言っているんだろうとでも言いたげな表情を見せた。

「その、私のは……ルカのモノとは違って、その、見た目が……」

「見た目？　ウィルのだから怖くないですよ。というより、可愛いです」

「か、可愛い……？」

怖くないどころか、可愛い？　嘘だろう？

「はい。だって、僕が触れたらビクッと震えて大きくなるし、ふぅーっと息を吹きかけたらピクピクッて震えるし、反応がすっごく可愛いです」

にっこりと笑ってそんな理由を言い出すルカに、私はもう言葉が出なかった。

「ねぇ、ウィルのこのおっきなのも、僕のみたいに擦ったら蜜が出るんですか？」

期待に満ちた目で尋ねられると答えるのが怖くなるが、答えないわけにはいかない。

「あ、ああ。そうだ」

「もしかして、ウィルが言っていた次の段階って、ウィルの蜜を出させることですか？」

「えっ？　あ、いや……」

「んっ？　違うんですか？」

「いや、違くはない、んだが、その、やり方が……」

「やり方？　僕のとは違うんですか？　ああっ！　もしかして、ウィルのはおっきぃから擦るだけじゃ蜜が出ないとか？」

「――っ！」

――うまく口でヤるように誘導しろ。ルカが怯えようとも、出てくる蜜が甘いとわかれば今度はルカのほうから率先してヤるようになるだろう。

アシュリーはそう言っていたが、このままうまく導けば、ルカは本当に口でヤるだろうか？

自分でもわかっている。愚かなことをやろうとしているのは。

それでも、もう私の愚息は限界だ。

もしかしたらルカに、そんなことできるわけがないと一蹴されるかもしれないと思いつつ、私はゴクリと息を呑んでゆっくりと口を開いた。

「そ、そうなんだよ。私の蜜はルカの身体を作る上で非常に大切で、一滴たりとも無駄にするわけにはいかないんだ。量もルカが出す蜜より格段に多い。それを確実に体内に摂取するためには、その、口で……」

「えっ？　口で？」

「そうだ！　ルカに口で直接私のモノを舐めて蜜を出させてほしい！」

驚くルカに一気に畳みかけるように訴えたものの、さすがにそれは断るかもしれないと目を閉じてドキドキしながら反応を待った。

「――っ!!　えっー??」

突然、愚息に途轍もない快感が襲ってきた。

下に目を向けるとルカが小さな舌を出して愚息に這わせていた。

嬉しそうにぺろぺろと舐めているルカの姿に、愚息はより大きく昂っていく。

「ル、ルカ……」

「ウィル、きもちいい？」

「くぅーっ!!」

危ない！　ルカが愚息を舐めながら見上げてくる姿に思わず暴発しそうになってしまった。

それにしてもなんて気持ちよさだ。これほどの快感があったとは……

ルカの舌で舐められるだけでこんなにも気持ちがいいなら、ルカの口内に包まれたら、さらにルカの体内に包まれたら、もう私は快感でおかしくなってしまうかもしれない。

とはいえ、欲は尽きないものでルカに舐められたら次のステップに進みたくなってしまう。本当に人間とは欲深いものだ。

「ルカ。舌だけでなく、ルカの口の中に入れてほしいが、できるか？」

「こう？」

ルカはためらうことなく口を大きく開け、愚息の先端をパクリと咥えてしまった。

「んんっ！　おっひ《き》くてはいんあ《な》い」

ルカの小さな口には愚息の先端がやっとだった。

口の窄まりに先端の大きく張り出した部分が引っかかって、なんともいえない快感が押し寄せてくる。

「ぐぅっ――!!」

ルカから与えられる快感に身悶える中、ルカは必死に小さな口を動かし、先端に舌を絡み付かせ、さらにその小さな両手で根元を握り擦り始めた。

「ああっ、あっ……ああっ……ああっ」

紳士のような態度など到底取り繕えないほど、快感にただ声を上げることしかできない。

「あっ、ああいのへへきは《まで てきた》」

「ぐぅぅーーっ!! あぁーっ、だ、めだーっ、イッてしまう……っあぁっ!」

咥えながらルカの小さな舌先でチロチロと先端を抉《えぐ》られてしまえば、もうひとたまりもない。せめて量はルカの飲める量であってくれと愚息に願いながら、私はルカの口内に蜜を吐き出した。

ビュルルルーッ、ビューービュクビュク!

私の願いは虚しく、大量の蜜がルカの口に放出されていく。

それでもルカの口の中が気持ちよくて愚息を引き抜くこともできない。トプトプと最後の一滴を絞り出して、ようやくルカの口から引き抜いた。

愚息はたった今の大量の吐精はどこにいったのだ？ と思うほど、まだ陰茎は芯を持っているが、今はそれどころではない。

「ル、ルカ、大丈夫か？」

あまりにも大量の蜜にもう嫌になったのではないかと不安になり、恐る恐る声をかけた。

「いっぱいでましたぁ。ちゃんとのみましたよ、ほら」

ルカは少し顔を赤らめながら、満面の笑みで私に空になった口の中を見せてくる。

同時にさっきまで私のモノを美味しそうに舐めていた小さくて赤い舌が見えた。

「――っ！」

ルカの唇の端から白い蜜がツーッと一筋垂れていくのを見た瞬間、愚息が先ほどよりも激しく天を向いて聳り立ってしまった。

「わっ――！　ウィル、なんで――」

「ルカ、もう一度いいか？」

驚くルカにもう一度だけと頼み込んで、愚息はまた、ルカの柔らかく熱い口内に戻っていった。

愚息《こいつ》はもうルカの口内から出る気がないのかもしれない。

そう思いながら、私は恍惚とした表情でルカの口に二度目の蜜を放った。

口止めを忘れたせいで、しばらくして夕食の時間になり、ルカが蜜の飲みすぎでお腹がいっぱいだと父上やセス殿に話してしまった。

その後、ルカのいない場所で二人から延々と大説教をされてしまったのは言うまでもない。

第四章　国王陛下への拝謁と婚礼の儀の準備

「ウィリアム、招待客のリストが届いたぞ」

ルカとの婚姻の儀が六日後に迫り、王家主催の宴《パーティー》の準備も佳境に入ってきた。

すでに騎士団内で選抜の精鋭部隊を作り、あらゆる状況に対応できるように訓練している。

ルカには私が常に傍についているからおかしな者を近づけさせたりはしないが、念には念を入れる必要がある。

身を守る術を何も持たない今のルカを、危険な目に遭わせるわけにはいかないのだ。

アシュリーから招待客のリストを受け取り、ルカと何かしらのトラブルがなかったかを念入りにチェックしていると、アシュリーがリストに書かれた名前を指でピンと弾いた。

「ルカに恨みを持つとしたらこいつだな」

レジー・ジェラール伯爵令息。

「ああ、こいつか」

忘れもしない、ルカが三年前、王家主催の宴《パーティー》で土下座をさせた相手だ。ルカは酒をかけられたから謝らせただけだと言っていた。あの時はいつもの癇癪でも起こしたくらいに捉えていたが、今思えば、いくらルカとはいえ酒をかけられただけで、大勢の者たちが集まるあの宴《パーティー》の場で土下座させるほど激昂するとは考えにくい。

結局その場をなんとか凌ぎ、父上《フローレス公爵》が後日、伯爵家に詫びの品を贈って取り成したことで、ルカが起こした騒ぎは不問にされた。

しかし、大勢の前で醜態を晒したレジーは婚約者からすぐさま婚約解消を言い渡されたらしい。

それ以来、あまり屋敷から出ず、結婚相手も決まっていないと聞いたが、今回は出席のようだ。

王家直々の招待だから断れなかったのか。それとも何か考えがあるのか。

いずれにしてもこいつはルカに近づけさせないほうがいいな。

「アシュリー、レジーには十分注意するように騎士たちに伝えておいてくれ」

「ああ、わかっている。それにしてもなぜルカは――んっ？」

アシュリーの言葉を遮るように、扉が叩かれ騎士の声が聞こえた。

「失礼いたします。どうしても団長と話がしたいと平民の子どもが入り口で騒いでおります」

「平民の子ども？　心当たりなどないが……」

「ルカじゃないのか？」

「まさか、ルカには一人で家から出ないように言い含めている。それにルカが来たならすぐに中に連れてくるはずだ」

「ははっ、さすがにルカを平民の子どもとは間違えないか」

「こんな時に冗談言うな。とりあえず会ってくる」

「私も一緒に行こう」

アシュリーを伴って、私は部屋を出た。


報告にきた騎士と共に詰所の入り口へと向かうと、そこには確かに子どもがいた。

「あっ、君は……」

「騎士団長さん、あの時は本当にごめんなさいっ!!」

顔面蒼白で思いっきり頭を下げて私に謝罪をしてきたのは、あの日、王都のカフェでルカに水をぶっかけたあの女の子だった。

「こんなところまでやってきて、わざわざそんなことを言いにきたのか?」

「違うんです。私、とんでもないことをしてしまって……」

平民である彼女が公爵令息であるルカに水をかけ、土下座させて謝らせたことを今になって悪いと思って反省したのだろうか?

しかしルカは以前のルカがやった罪を自分が償っていくと言った。

彼女がこの前のことをやりすぎたと思ったところで、ルカはあの時の土下座を撤回などしないだろうし、彼女を罰することを望まないだろう。

「もう終わったことだ。ルカは君がしたことを悪くないと言っていた。だから騎士団としても君を罰しなどしない。だから、心配しなくてもいい。わかったら帰りなさい」

時間が経ってとんでもないことをしてしまった後悔は大人でもよくある。彼女も怒りに任せてやってしまったことを、今更ながら怖くなってしまったのかもしれない。

だから私は彼女が心配しなくてもいいように伝えたが、彼女は目にいっぱい涙を溜め、身体を震わせた。

「違うんですっ!! ルカさまは何も悪くなかったんです!! それなのに、私は……うわぁぁーっ」

力なくその場に頽《くずお》れ大声で泣き叫び、彼女の流した涙が次から次に地面に落ちていく。

「ウィリアム、これはどういうことだ？ この子は一体なんなんだ？」

「私にもよくわからないが、とりあえず、これ以上騒ぎになるといけないから中に入れよう」

近くにいた騎士に彼女を奥の部屋へ連れていかせる。

その間に私は先日の話をアシュリーに聞かせた。

「そんなことがあったのならさっさと私に話しておけ」

「悪い、ルカが熱を出したりしていたものだから、すっかり忘れていた」

「だが、そうだとしたらさっきの彼女の様子はおかしかったな」

「ああ、詳しく話を聞く必要がある」

私はアシュリーと共に彼女の待つ部屋へ向かった。

彼女は落ち着きを取り戻したのか、先ほどまでの様子とはうってかわって俯いたまま、椅子に浅く腰掛けていた。

「少しは落ち着いたか？」

「はい。騒いだりして申し訳ありません」

「それで、さっきの話だが一体どういうことなんだ？」

彼女はピクリと身体を震わせながらも、ゆっくりと口を開いた。

「実は、弟がようやく元気になって、ルカさまとのことを改めて尋ねたんです。最初はお父さんと約束しているからって話そうとしなかったんですけど、私がルカさまに仕返しをしてきたって言ったら急に泣き始めて……木に登ったのも、池に落ちたのも自分のせいだって言い出したんです」

「なに？」

驚く私とアシュリーを前に、彼女は弟の話を聞かせてくれた。


フローレス公爵家の庭師のジェイムズは、その日妻が熱を出し、仕方なく幼い息子、アダムを連れて仕事場に向かった。

アダムは父親の仕事中に大きな鋏をこっそり持ち出し、庭で草や木を切って遊んでいた。しかしそのうちそれに飽きてしまい、たまたま庭で本を読んでいたルカの本を後ろから奪って鋏で切ったらしい。ルカは怒りながらも、鋏は危ないから渡せと近づき、アダムから鋏を取って手の届かない木の上に置いた。

しかし、アダムはルカの隙をついて木によじ登り、気づいたルカが危ないと声をかけた瞬間、驚いてそのまま落下して池に落ちてしまった。

水に落ちた音でジェイムズが駆け寄った時にルカが傍にいたから、ジェイムズはルカが息子を突き落としたと思い込んでしまった。

仕事を終えて、家に帰りいつものように道具を片付けていると、鋏の数が合わないことに気づいてアダムに尋ねた。アダムは泣きながら自分が持ち出して遊び、ルカの本を切る悪戯をしたこと、危険だからと取り上げられ、木の上に置かれた鋏を取ろうとして池に落ちたことを白状した。

ルカではなく、自分の息子が悪かったと知ったジェイムズは真実がバレるのを恐れ、公爵にはアダムはルカのせいで池に落ちたがなんともなかったと虚偽の報告をした。その上、息子には誰にも言わないことを約束させた。その後アダムの熱が上がってしまったが、公爵には何もなかったと話した手前、医師を呼ぶことも憚《はばか》られ、結局命の危険に晒されたというのが真実だった。


「ということは、ルカには一切非がないじゃないか」

「そういうことになるな」

「ごめんなさい！　私、何も知らなかったとはいえ、ルカさまに水をかけたうえに、あんなことまでさせてしまって申し訳ないと思って……。本当はフローレス公爵家に伺って謝らなければいけないんですけど、怖くて……それであの時一緒にいた団長さんに本当のことを話をしにきたんです。

私、ルカさまに土下座して謝ります。本当にごめんなさい」

気づけば、彼女は椅子から下り、あの時のルカと同じように床に跪いて必死に頭を下げていた。

「顔をあげなさい」

私の言葉に彼女は恐る恐る顔をあげたが、涙で濡れた顔はひどく青褪めている。

それもそうだろう。本来ならば、どんな理由があったとしても平民であるこの子が、王家に次ぐ力を持つ公爵家の令息であるルカに手を出すこと自体許されない。この子はそんなルカに水をかけたうえに、結果的に大衆の面前で土下座させてしまったのだ。

しかも、それがルカにはなんの非もなかったとなれば、たとえ子どもであっても無罪放免というわけにはいかない。

彼女は自分がしでかしてしまった罪の重さを把握した上で真実を伝えにきたのだ。

いや、もしかしたら後でこの真実が露呈するより、すぐにでも話したほうが罪が少しでも軽くなるかもしれないという計算がないとはいえないだろう。

だが、私がきっとこの事実をルカに話せば、以前のルカの無実がわかったこと、そしてそれをわざわざ教えにきてくれた彼女に礼すら言いそうだった。

ずっと一緒にいるからわかる。ルカ《カイト》はそういう子だ。彼女に罰を与えることをルカは望まないだろう。それよりもルカの汚名の返上を第一に考えよう。

「話はよくわかった。アダムの行為は悪戯の範疇を超えているが、己の命が危険に晒され十分罪は償ったことだろう。君も怒りに任せて公爵令息に水をかけたことは決して許されないが、正直に話をして謝罪したことは情状酌量の余地がある。また、ルカも君に罰を与えることは望んではいないだろう。だから君たちは今回だけは許そう。ただし、公爵に対して虚偽の報告をし、それを隠蔽しようとしたジェイムズにはそれ相応の罰を与える。良いな」

「――っ！　騎士団長さま、ありがとうございます！」

涙ぐみながら何度も頭を下げる彼女を帰し、私はアシュリーとこれからについて考えていた。

「――なぁ、ウィリアム。もしかすると、ルカはこれまでにもこういった冤罪を被ってきたのではないか？」

「ああ、それは私も思った。わがままで自分の言う通りにならなければ暴れ出すという印象がつきすぎて、何かが起これればすぐにルカのせいにされていたのかもしれないな」

私の言葉にアシュリーは眉を顰《ひそ》めながら頷いた。

「今回の件もそうだ。ジェイムズは池に落ちた息子の傍にルカがいたというだけでルカが突き落としたと決めつけた。そして、それを公爵も信じてしまった。ルカ自身も、自分の今までの行いのせいで自業自得だとわかっているから、何も言わなかったのだろう。ジェイムズの息子との件は、ルカがルカとして過ごしていた最後の日だったからな。自分ではないと主張しても誰も信じてくれないと思っていたのかもしれない。ルカは最後まで自分が招いた現実を後悔していたのかもしれぬな」

「確かにそうだな。翌日には自分の魂が消えてしまうとわかっていたから、自分でないと主張するのも諦めたのだろう。だが、カイトにとってはそれが仇《あだ》となったわけか。まさかカイトがルカとしての全ての記憶を失ってしまうとはルカ自身も思ってもいなかったのだろう」

「アシュリー、早くルカの信用を回復させる必要があるな」

「ああ、そのことだが……さっきあの子が来て話が途中になっていた、三年前のあのレジー・ジェラールの土下座事件も、もう一度調べたほうがいいのではないか？」

アシュリーもやはり私と同じ違和感を覚えたようだ。ルカが酒がかかったくらいで土下座をさせるほど激昂するとは考えにくい。だが、実際にルカが土下座させたこともまた事実だ。

ただ、今回の冤罪を踏まえると、もしかしたら我々の見えていない真実がそこにあったのではないか？　そう考えずにはいられないのだ。

もしこれで私の思っているような真実が出てくれれば、きっとルカへの印象は変わるはずだ。

「アシュリー、調査を頼めるか？」

「ああ、任せておけ。私の有能な間者《かんじゃ》に調査させよう」

「王家直属の間者なら信頼できるな」

これで良い方向に変わればいい。

ルカのために、そしてこれからの私たちのために……

それから二日後、アシュリーは不敵な笑みを浮かべながら大きな封筒を手に団長室にやってきた。

「ウィリアム、興味深い事実がわかったぞ」

「もうか？　さすがだな。それでなんだって？」

早く聞かせろと言わんばかりに急いでアシュリーに駆け寄った。

「実は、あのレジー・ジェラールの元婚約者、ベレンソン子爵の娘のレイラは、レジーとの婚約前から、グルーバー男爵の息子のネイハムにかなりご執心で金も相当貢いでいたようだぞ」

「何？　グルーバー家のネイハム？」

顔はいいが金遣いが荒く、女にもだらしないと評判のクズ男に引っかかっていたのか。

「ああ。レイラにとって伯爵家の嫡男であるレジーとの婚約は、金を引き出すために過ぎなかったようだ。そして、レイラは伯爵家からもっとたくさんの金を一気に手に入れるために、ネイハムと共謀して、ある計画を立てた」

「ある計画？」

「レジーの有責で婚約破棄となるような事件を企て、ジェラール家からの多額の慰謝料をもらう計画だ。それがあのレジー土下座事件の裏側だよ。全てここに書いてある」

アシュリーは持ってきた資料を机に広げ、説明を始めた。

「レイラはダンスの後、わざと靴を壊してレジーに寄りかかり、レジーの持っていたグラスにこっそり強力な媚薬を混入。知らずにそれを飲んだレジーが我慢できずにレイラに襲いかかったところをネイハムが助け出し、伯爵家に莫大な慰謝料を請求して婚約を解消するというのが筋書きだったようだ。その媚薬は平常時よりも運動した直後のほうが効果が早く効き目も強い。だから、ダンスが終わった後のあのタイミングを狙ったんだ」

確か、ベレンソン家は薬品を扱う事業をしている。媚薬や精力剤も取り扱っていたはずだ。だからこそ使い方も知っていたし、容易く手に入れられたのだろう。

「あの宴《パーティー》を決行の日に狙ったのは、大勢の招待客にレジーがレイラに襲いかかったという目撃証人になってもらうためだ。お前の場合は特例だが、男女の場合は婚約者といえども、婚礼の儀までは一緒に住むのはもちろん、手を出すのも許可されていない。ましてや強姦ともなれば、いくら婚約関係にあっても重罪だ。ジェラール家はレジーしか子がいないからな。嫡男を失うわけにはいかない。だとすれば多額の示談金で許しを請う。そう思ったのだろう」

「レジーにとって、いや、ジェラール伯爵家にとってこの上なく恐ろしい計画だな」

「ああ、だが全ての計画はルカの激昂により霧散した」

レジーに薬を飲ませることもできず、せっかくの計画が頓挫したばかりか、全ての貴族の揃った宴《パーティー》の場でレジーが公爵令息であるルカに土下座させられた。これから先、伯爵家の身代が揺らぐかもしれないと思ったレイラは、早々にレジーを見限って婚約解消した、というのがアシュリーの調査結果だった。

「実際のところはフローレス公爵の取り成しでジェラール伯爵家は当時よりも上向きのようだがな。そこはレイラにとっては誤算だった」

「いや、おそらくそこまでがルカの考えだったかもしれない。今となっては想像でしかないがな」

ルカはどこかでレイラとネイハムの計画を知り、ジェラール伯爵家……いや、レジーを守るためにわざとあのようなことをしでかしたのではないか。

あの時感じた違和感はやはり合っていたのだ。あの時にきちんと調査を入れていれば、ルカへの印象も変わっていたかもしれない。レジーは今もなお、ルカを恨んでいるに違いない。

しかし、今更後悔しても仕方がない。私がやるべきことは皆の前で真実を暴き、ルカの信用回復に努めることだ。

「アシュリー、陛下と父上にも今の調査結果を話そう」

「そうだな。宴《パーティー》までもう時間がない。すぐに始めよう」

私は以前のルカと、そして愛しいルカを守るために動き始めた。

急いでフローレス公爵家に早馬を送り、陛下の名前で父上を城に呼び出した。

そして、公務の終わる頃合いを見計らってアシュリーと共に陛下のいる執務室へと向かった。

「アシュリー、ウィリアムも一緒にとは突然どうしたのだ？」

「陛下、申し訳ございません。陛下とフローレス公爵に早急に報告すべき事案がございまして、アシュリーと共に馳せ参じた次第でございます」

「早急に報告すべき事案だと？　なんだ？」

陛下が我々に尋ねた瞬間、執務室の扉が激しく叩かれた。

「誰だ？　こんな乱暴に叩くのは」

「おそらくフローレス公爵かと」

「イアンが？　まさか」

普段の父上ならこのような所作はしないだろう。

だが、今回は理由がある。

「父上の名前で至急執務室へ来るように早馬を出しましたので、そのせいだと思われます」

「私の名前で？　なぜそんなことをしたのだ？」

訝しむ陛下をよそにアシュリーが扉に近づき、扉に手をかけるとものすごい勢いで扉が開いた。

「兄上っ！」

顔中に汗を吹き出しながらやってきた父上《フローレス公爵》の姿に申し訳ないと思いつつも、これでようやくルカの話を進められると安堵した。

「えーっ！　ウ、ウィリアムと、それに、アシュリー王子殿下までお揃いで一体、何事でございますか？」

はぁ、はぁと息荒い父上の様子にどれほど焦ってやってきたかが窺える。

「イアン、悪い。あの早馬はアシュリーたちが私の名を騙って出したものだ。お前をここに早く呼び寄せる目的だったようだが、申し訳ない」

「えっ？　兄上の名を騙って？　あの、兄上に謝っていただくことは何もございませんが、そうまでして私をここに呼び寄せるほどの何か重要な事案でもありましたか？」

「いや、私もまだ話は聞いておらんのだ。イアン、まずは座れ。そしてアシュリー、いい加減我々に話を聞かせないか」

陛下の言葉に、父上はソファーに腰をかけ、アシュリーは間者に調べさせた報告書を陛下と父上の前に広げて見せた。

「父上、フローレス公爵。この報告書をご覧ください」

「これは、三年前のレジー・ジェラールとルカのあの宴《パーティー》での騒動についてか。今更蒸し返してどうする？」

訝しさを増した陛下の隣で父上《フローレス公爵》の目が大きく見開いた。

「あ、兄上！　ここを見てください！」

「んっ？　なんだ？　こ、これは……まことなのか？」

「はい。今のルカにその当時の記憶がないので、一体ルカがどこでその計画を知ったかは確認できませんが、そこに書かれていることは全て事実です。ルカはレイラとネイハムの企みを知り、レジーとジェラール伯爵家を守るためにあのような大立ち回りをしたと思われます」

驚愕の表情を浮かべる陛下と父上に、私はさらなる事実を告げた。

「それと、先日の庭師のジェイムズの息子、アダムがルカに無理やり木に登らされ、池に突き落とされたという事件も虚偽とわかりました」

「なに？　どういうことだ?!」

父上は勢いよくその場で立ち上がった。

「ジェイムズの息子のアダムは父親の鋏を使ってルカの本を切り裂き、危険を感じたルカがアダムから鋏を取り上げたようです。その後、手の届かない木の上に乗せたところアダムがルカの隙をついて木によじ登り、体勢を崩して自分から池に落ちたとアダム自身が証言し、ジェイムズはその事実の露呈を恐れ、父上に虚偽の報告をしたと認めました」

「――っ、まさか。そのようなことが……」

「陛下、そして父上。ルカは傍若無人に振る舞っていただけですよ。父上や周りの者に自分という存在を忘れられたくなかっただけなのです。確かに少々行きすぎたところもあったでしょう。ですが、生来は今のルカと同じ、心が美しく綺麗な性格なのです。だからこそ、神はあのルカに魂の綺麗なカイトを託したのではないでしょうか？」

はっきりと言い切ると、父上は大きくうなだれた。

「私はルカのどこを見ていたのだろうな。可愛い、可愛いと愛でることしかせず、ルカが辛い事実を知り、ひとりで苦しんでいたと気づきもしなかった。何か事が起これば、ルカが悪いと話を聞こうともせず、結局は冤罪を被せてしまっていた。ルカは私のそんな態度に呆れ果て、あのジェイムズの息子の時もなんの弁解もしなかったのだろう。私は父として恥ずかしい」

「父上、うなだれている場合ではございません。あなたには今守らなければならない子がいるではありませんか！　あの子を幸せにすることで、以前のルカがまた我々の元に戻ってくるのですよ。これから先、父上には一生を懸けてでも今のルカを守っていただかなければ、以前のルカが浮かばれません」

「そうだぞ、イアン！　以前のルカに関しては私も同罪だ。ルカがどれほど傷つき苦しんでいたかなど、考えもしなかった。そのルカがまた我々の元に戻ってくるように、今のルカが安心して過ごせるようにしてやろうではないか」

父上は陛下に肩を抱かれてようやく頭を上げた。

「ウィリアム、不甲斐ない父で申し訳ない。ルカを幸せにできるように力を貸してくれ」

「はい。もちろんです。ルカは私の大切な伴侶ですから、全身全霊を懸けてルカを幸せにしてみせます」

私の真剣な思いが父上に伝わったのか、父上はようやく笑顔を見せてくれた。

「それはそうと、私はまだ今のルカには会っていないが、宴《パーティー》前に一度会わせてはもらえぬか？」

陛下のその言葉に我々は四人でルカの待つフローレス公爵家へと向かった。

＊＊＊

婚礼の儀が二週間も早くなってからというもの、それまでにちゃんと子どもができるように身体を整えておかないといけないということで、毎日、僕の蜜とウィルの蜜をお互いに身体に取り込み続けている。

けれど、毎晩のように遅くまで頑張っているからか、疲れてしまって朝早くは絶対に起きられない。仕事に行くウィルを見送ることができなくて申し訳なく思っていたけれど、ウィルは優しいから身体のために無理して起きなくていいんだと言った。

だから、ゆっくり起床して朝寝坊している。お昼過ぎまでぐっすり眠って、起きたらセスが美味しいご飯を用意している。それを食べたらまた眠くなって、夕方近くになってからようやく起きて、庭を散歩しているとウィルが帰ってくる時間になっている。

そして、お父さまとウィルと一緒に夕食を摂った後はまたウィルにせっせと蜜を取り込んでもらう。ウィルの蜜もたくさん飲ませてもらって、お腹いっぱいになって眠る。

それが最近の僕の生活になっていた。

だけど、そんな生活をしているとなんだか少し太った気がする。

いや、こんなゆったりと生活していて太らないほうがおかしいか。

「ねぇ、セス。僕、最近太りすぎじゃない？　ちょっとは外に出て運動とかしたほうがいいかなぁ？　あ、ウィルの騎士団に連れていってもらって、騎士さんたちの訓練に少し参加させてもらうなんてどうかな？」

「ルカさま。そのようなことは決して旦那さまやウィリアムさまにお話ししてはなりませんよ」

「えーっ、僕、そんなにおかしなこと言ったのかな？」

「そもそもルカさまが太りすぎなどということはございません。むしろ、今のほうが健康的なくらいでございますよ。ウィリアムさまもそう仰っているでしょう？」

「確かにウィルは今のほうがいいって言ってくれるけど、今みたいな生活してたらあっという間に太りそうな気がするんだ」

「心配なさらなくとも大丈夫でございますよ。婚礼の儀が終わりましたら、すぐにお痩せになりますよ。今は未来に向けて栄養を蓄える時期ですから」

「……⁇　セス、それってどういう意味？」

「ルカさまは何も心配なさることはない、ということでございますよ」

にっこり笑うセスにそれ以上聞き返せなかったけれど、もしかしたらこの世界の、何かしきたりのようなものがあるのかもしれないな。

うん、きっとそうだろう。

夕方近くになって、久しぶりにお仕事が早く終わったお父さまと二人でゆっくり庭をお散歩しようと話していたところに、突然国王さまからお父さまに来てほしいという手紙が届いた。

国王さまはお父さまのお兄さまなんだけど、こういうふうに呼び出されるなんて今までになかったんだって。だから、お父さまは僕に散歩できなくなって申し訳ないと謝りながらも、急いでお城へ向かった。

お父さまは急遽お城に行ってしまったし、ウィルもなかなか帰ってこないし、寂しいなぁと思っていると、やっとウィルから帰ってくると連絡がきたみたい。

ウィルは、朝のお見送りできない分、帰ってきた時は僕に出迎えてほしいと言っているから、毎日こうやって帰る前に連絡してくれるんだ。

僕はいつもより遅いウィルの到着を今か今かとウキウキしながら待っていた。

「セス……。ウィルはまだかな？」

「もうすぐでございますよ」

「セスったらそればっかり」

「もう少しの辛抱でございますよ」

そんなやり取りを何度か繰り返して、ようやく馬車が止まる音が聞こえて、ウィルだー!!　と思った時には玄関へ駆け出していた。

セスが扉を開けてくれてウィルの顔が見えた瞬間、僕はウィルに向かって飛び込んだ。

「ウィルッ!!　お帰りなさいっ！」

あまりの嬉しさにウィルに抱きつくと、ウィルはヒョイっと僕を抱きかかえてくれた。ウィルの顔が近くなって嬉しい。

「ああ、ルカ。ただいま。いい子にしていたか？」

「はい。でも、今日はいつもよりウィルの帰りが遅くて寂しかったです」

「それは悪かったな。少し急ぎの仕事が入ってしまったのだよ。許してくれるか？」

「じゃあ、ウィルからちゅーしてください」

優しいウィルの笑顔に嬉しくなって、少しわがままかなと思いつつもおねだりをして目を瞑ると
ウィルは柔らかな唇を重ねてくれた。

「ゴホッ、ゴホッ」

「わっ！」

幸せな気分に浸っていると、突然大きな咳払いの音が聞こえてびっくりした。

さっとウィルが落ち着かせるように強く抱きしめてくれる。

「大丈夫だ。今日はお客さまが来られているんだ」

ウィルが僕を抱きかかえたまま振り向くと知らない人がいた。

「あ、お父さま。それにアシュリーさんも！　あれ？　あの方は？」

「ルカの伯父上でこのユロニア王国のグレン陛下でいらっしゃる」

「グレン、陛下……って国王さま？」

「ああ、そうだ」

国王さまに初めて会うのにこんな格好じゃダメだ。失礼すぎる。

「ウィル、下ろしてください」

「ああ。わかった」

ゆっくりと腕から下ろしてもらい、僕は緊張しながら国王さまの前に立った。

「国王さま……あ、あの、ルカと申します。ごめんなさい、僕、何も覚えていなくて……」

「い、いや……ルカ。気にしないでいい。其方は私の可愛い甥。記憶があってもなくてもそれは変わるものではない」

「――っ！　国王さま、ありがとうございます。僕、嬉しいです！」

あまりの嬉しさに国王さまに抱きついてお礼を言うと、国王さまも僕をギュッと力強く抱きしめてくれた。

なんだかお父さまに抱きしめられたようなそんな安心感があった。

心地良さに国王さまを見上げながらニコッと笑うと、なぜか国王さまは真っ赤な顔をしながらも僕を軽々と抱き上げてくれた。国王さまの嬉しそうな顔が近づいてくる。

「ああーっ、ルカ。お前は何て可愛いんだ！」

僕の頬に顔を擦り寄せかけたところで、

「兄上っ!!」

「父上っ！！！」

「陛下っ！！！！！」

急に大声が響き渡ったかと思うとさっと国王さまの腕が離れ、気づけばいつものウィルの腕の中にいた。

「ウィリアム！　私がお前の夫《つま》にとルカを推薦してやったのだぞ！　ほんの少しの間くらい、ルカを愛でてもいいだろうが！」

「申し訳ありませんが、ルカは私のものです。陛下といえども、無闇にお触りになりませぬように」

「くっ――！　ああ、ウィリアムでなく、アシュリーにしておけばよかった。そうしたら、今頃はルカを好きに愛でられたというのに」

「陛下っ！　よからぬ妄想もお控えください！」

「考えるくらい許せ！　ルカは私の甥だぞ！　甥と少しの間戯れるのも許せぬほど狭量だったか、お前は？」

「ルカに対しては誰にも何も譲ることなどできません。大体、私とルカが夫夫《ふうふ》にならなければ、ルカの生まれ変わりである可愛い子もやってこないのですよ」

「――っ！　そうだ、そうであったな。ならば生まれた子をアシュリーの相手にしよう！　おお、それがいい。そうしよう」

なぜか話の流れでルカの生まれ変わりである、僕とウィルの子どもがアシュリーさんの結婚相手に決まってしまったようだけど、きっと冗談だよね？

だって、まだ生まれてもいないんだよ、かなりの年の差になるよ？

お父さまもウィルも急な話にびっくりして目を丸くしていた。

「ルカとウィリアムの子が私の伴侶？　いささか歳が離れすぎだが生まれてから自分好みに育て上げるのもアリか……。うーん、悪くないぞ」

「アシュリー、不埒なことを考えるなよ。お前には絶対にやらんぞ！」

ウィルに抱きしめられている僕にはあまり聞こえなかったけれど、ウィルにはアシュリーさんの声が聞こえていたようでなぜか怒っていた。

不埒なことってなんだろう？

「み、皆さま。せっかく陛下とアシュリーさまにもお越しいただいたのですから、夕食をご一緒にいかがでございますか？」

セスの声かけに、僕たちはそのままお客さま用の広いダイニングルームへと向かった。その間もずっとウィルは僕を下ろすことなく、なぜかアシュリーさんとも距離を取っていた。

ダイニングでは僕はいつものようにウィルの膝に座って、すぐ隣にはお父さまがいる。

目の前には国王さまとアシュリーさんが並んで座っていて、結局広いお客さま用のダイニングテーブルの半分も使っていない。テーブルがもったいないような気がするけれど、話をするには近いほうがいいからこれでいいのかな？

いつもは料理がいっぱい並ぶけれど、今日はお客さまが一緒だからか一品ずつになるみたい。

それなら僕も自分で食べられるかなと思っていたけれど、ウィルは僕を膝から下ろす気はないみたいで、いつものようにぎゅっと抱きしめている。

「それでは頂こうか」

国王さまの言葉で食事が始まった。

「あれ？　ルカの食事は？」

「ああ、いいんだ。私のと一緒だから」

「一緒って、どういう――えっ⁇」

アシュリーさんが驚くのも気にせずに、ウィルは自分の料理を僕の口へと運ぶ。

どうやら今日はお客さまがいてテーブルがいっぱいになってしまうから、ウィルのお皿に二人分盛り付けてくれているみたいだ。

ウィルは僕に食べさせながら、自分の分も食べていく。

ああ、これは意外といいかもしれない。いつも食べさせてもらっているし、考えてみたら分ける必要もないもんね。洗い物も一人分減るし、うん。いいことづくしだ。

「ウィル、今日の食事もすごく美味しいですね」

「そうだな。今日はルカと同じ器から食べているから、私もいつも以上に美味しく感じるよ」

「じゃあ、これからもずっとウィルのと一緒に食べたいです」

「――っ、そうか。ならセス殿にそう頼んでおこう」

「わぁーっ、嬉しいです！」

ウィルと話していると、なんだかじっと見られている気がして正面を向くと、国王さまとアシュリーさんが不思議そうな表情で僕たちを見ている。

「あの……？　どうか、しましたか？」

「えっ――？　あ、いや……ルカはいつもウィリアムに食べさせてもらっているのか？」

「えっ？　はい。だって、夫夫《ふうふ》はこうやって食べさせてもらうのですよね。だから、僕は口を開けていればいいって、ウィルがそう教えてくれたんです、けど……違う、のですか？」

「えっ――？　あ、い、いや。違くない。そうだ、その通りだ。仲睦まじくて何よりだ、なぁ、アシュリー？」

「えっ？　あ、はい。そ、そうですね。父上」

なんだか様子がおかしく見えたけれど、国王さまもアシュリーさんも、それにお父さまも笑っているから気にしないでいいのかな？

「ほら、ルカ。もっと食べないとお腹が空いてしまうぞ。ほら、あーん」

「あ、はい。あーん」

嬉しそうなウィルの笑顔を見ながら、その後も食事を続けた。

食後のコーヒーを飲みながら、話題は婚礼の儀とその後の宴《パーティー》の話になった。

「あの、婚礼の儀ってどういうことをするんですか？」

「そうか、ルカは知らないのだな。婚礼の儀は陛下が我々を夫夫《ふうふ》と認めると皆の前で宣言し、フローレス公爵家の紋章を象《かたど》った揃いのペンダントをそれぞれにかけてくださるのだ」

「お揃いのペンダント。それはお父さまもお持ちなのですか？」

「ああ、これだよ」

お父さまは大切そうに服の中から取り出したペンダントを見せてくれた。

そのペンダントに見覚えがある。どこだったかな？

「ああっ！　このペンダント、夢の中で出会ったルカのお母さんもつけていましたよ」

「――っ！　そうなのか。ヘレナが亡くなった時もつけたままにしていたからな。今も変わらずつけていたのか。それは嬉しいことだ」

お父さまは涙を浮かべ、愛おしそうにルカのお母さんとのお揃いのペンダントを撫でた。

「イアン、奥方が死してなお思ってくれているとは。お前は幸せ者だな」

「はい、兄上。……本当に」

「その奥方が己の命と引き換えにしてこの世に誕生させたルカのことだ。これからの人生を幸せにしてやって、以前のルカが安心してこの世に生まれ変われるようにしてやらんといかんな。婚礼の儀と宴《パーティー》でルカをしっかり守るためにイアンだけでなく、ウィリアム、アシュリー……お前たちの力も必要だぞ」

「もちろんです！　ルカのために力を合わせて頑張りましょう」

僕を守る？　みんなで力を合わせて頑張る？　それって婚礼の儀についてだよね？

「あの、婚礼の儀って……そんなに怖い、ものなんですか？」

みんなで守ってもらわないといけないようなことが起こるの？

そんなの怖すぎる。ウィルと結婚できるのが楽しみだったけど、そんなに怖いなら僕、嫌だな。

「いやっ、違うんだ！　そんなことはない!!」

「そうだぞ！　何も案ずることはない」

「ルカはいつも通り笑顔でいたらいいんだ」

「恐れることなど何もないのだぞ！」

ウィルもお父さまもアシュリーさんも国王さまも口々に大丈夫だと言ってくれて少しホッとする。

「ほんとう、ですか……？」

それでも怖くて我慢しきれなかった涙が頬を伝うのを感じながら尋ねると、お父さまとアシュリーさんと国王さまは苦しげな表情を浮かべたまま何も言わなかった。

「本当だとも。ルカは私が信じられないか？」

「そんなことないです！　僕、ウィルを信じていますから！」

ウィルだけはキッパリと言い切ってくれて、ようやく僕は安心することができた。

「それならよかった。婚礼の儀まであと四日。ルカは体調を整えて風邪など引かないようにしなければな」

「はい。あっ！　ウィル、大変です！」

「んっ？　どうした？」

「今日はまだ蜜を飲んでないのにお腹いっぱい食べてしまったから、ウィルの蜜が入らないかもしれません！」

「「「ぶっ！　ごほっ。ごほっ!!」」」

大切なことを思い出してウィルに伝えると、突然お父さまと国王さまとアシュリーさんが苦しげに咳をし始めた。

「お父さまも国王さまもアシュリーさんもお風邪ですか？」

「い、いや――」

「そうだな、アシュリーたちは少し風邪を引きかけているのかもしれないな。ルカは離れていたほうがいい。そうだ、先に風呂に連れていこう。私も準備を整えてすぐに向かうから。それでは、お先に失礼いたします」

アシュリーさんが何か言おうとしていたように見えたけれど、ウィルは早口で告げると僕をさっと抱きかかえてダイニングルームから出ていった。

ウィリアムサイド

——今日はまだ蜜を飲んでないのにお腹いっぱい食べてしまったから、ウィルの蜜が入らないかもしれません……！

ルカの突然の爆弾発言に一瞬耳を疑った。

まさか口にしてしまうとは思ってもいなかったが、ルカは結婚するなら当然の行為だと信じているから無理もない。

だがあの発言で、私が何も知らないルカに夫夫《ふうふ》のあれこれを普通だと思わせて教えていることに気づかれただろう。でも実際、ルカは何も知らないから私が教えるほかないのだ。

だからこそ、私に都合がいいように教えてもかまわないだろう。それが私たちの仲を深めていくことに繋がるのだから。

アシュリーが余計な言葉をルカに聞かせる前になんとか誤魔化して、急いでダイニングルームから出た。その足で風呂場に向かい、忘れ物をしたと言ってルカをそこに残す。それからすぐにアシュリーたちの元に戻った。

「さっきの話はどういうことだ、ウィリアム」

私の顔を見て早々に声をかけてきたのはアシュリー。

私はアシュリーだけでなく陛下や父上にも聞こえるように言葉を返した。

「ルカを一人風呂場に待たせていますので、手短かにお話させていただきますが、皆様がご心配なさっているようなことはありません。私はルカとまだ契りを交わしておりませんから。それは父上にはご理解いただけていると思います」

「ならば、さっきのルカの発言の真意はなんだ？　説明せよ」

頷いている父上の隣にいた陛下がさらに私に詳細を話すように求めた。

早くルカの元に戻りたいが、仕方がない。

「今のルカは閨事に関して何も知らない子どもと同じです。子の作り方はおろか、精通すらも経験しておりませんでした。ですが、我々が子作りをしなければ、以前のルカは生まれ変われないのです。ですから、婚礼の儀までに少しでも身体が慣れるように蜜を飲ませているだけです。他意はありません」

「無理やり飲ませているのではないのか？」

「そんなことあろうはずがございません。父上はご存じでしょう？　ルカが毎日嬉しそうに過ごしているのを」

父上は少し残念そうな表情をしながらもしっかりと頷いた。

「ウィリアムの言う通りです。さすがに蜜を飲ませすぎてルカが食事を取れなくなった時には少々叱責いたしましたが、それ以外でいえばルカは健康そのものですので、問題はございません」

「そうか。まぁ理由はわかったが、ルカにはあまり蜜の話を他人にはしないように言い含めておけ。

お前もルカがよからぬ妄想に使われるのは許せんだろう？」

「――っ！　確かにその通りです。ルカにはそのようにきちんと話しておきます。申し訳ありません。ルカを一人で待たせておりますので、私はここで失礼いたします。婚礼の儀と宴《パーティー》の件はどうぞよろしくお願いいたします」

陛下と父上に頭を下げ出ていこうとして思いとどまり、私はアシュリーの元に急いだ。

「なんだ？　どうした？」

「アシュリー、お前、ルカをよからぬ妄想に使ったら命はないと思えよ」

相手がこの国の王子であろうが、騎士団の特別顧問であろうが関係ない。

ルカの全ては私のものだ。

それをアシュリーにもしっかりわからせるように、全神経を集中させた威圧感のある声を浴びせ、私は部屋を出た。

第五章　婚礼の儀と事件の真相

今日は待ちに待った婚礼の儀当日。

僕は朝から大忙しだった。

異性婚でも同性婚でも婚礼の儀の衣装は、ユロニア王国の伝統的な男女の装束を着用する決まりで、僕かウィルのどちらかが女性の衣装を着なければならなかった。

ウィルが公爵家に婿に入るわけだし、ウィルが女性の衣装を着てもかまわないのだけど、お父さまもセスも、それに国王さままでもが絶対に僕が女性の衣装を着るようにと言ってきた。

まぁ、がっしりとしたウィルと華奢で小さな僕だったら、どう見ても僕が女性の服装を着用するに決まっているし、僕としてもどっちでもいい。だけど、男性の装束があまりにも格好よかったからちょっとくらい着てみたかったなぁという思いはある。

だって、ルカは可愛らしい顔しているけど、僕だって一応男の子だし。

だから、先に一人で支度部屋に入った時、綺麗にかけてあるウィルの衣装を見てこっそり羽織ってみた。鏡に映してみた姿はかなり服に着られている感はあったけれど、すごく格好よかった。

「意外といいかも……」

そんな独り言を言っていると、カチャリと扉が開いて入ってきたウィルにその姿を見られてしまった。

「あっ、ウィル……」

「ルカ、何を――」

大人の服を遊んで着ていた子どもみたいで恥ずかしい。

「あ、あの……ごめんなさい。ちょっと着てみたくなっちゃって……。でも、ウィルのだからおっきぃですね」

ほら、こんなにと手をすっぽり覆い隠すほどの袖を見せると、ウィルはなぜか苦しげな声をあげながら、さっと顔を背けてしまった。

「ウィル、もしかして勝手に大切な衣装に触れたから、怒っていますか？」

「い、いや。そんなこと、あるわけないだろう。今はただ……」

「ただ？」

「ルカが可愛すぎておかしくなりそうだっただけだ」

「可愛すぎて⁇」

どこかそんなとこあったっけ？　思い返してみてもよくわからない。

「ウィルが可愛いって言ってくれるなら、僕、嬉しいです」

「ああ、もう。ルカには敵わないな」

笑顔で近づいてきたウィルは僕を優しく抱きしめた。

ふわりと優しい匂いがしてホッとする。

「そろそろ支度するんですよね。セスを呼びますか？」

「いや、ルカの支度は私がする」

「えっ？　ウィルが？　できるんですか？」

「ああ、セス殿に習ったからな。大丈夫だ、任せておけ」

ウィルは自信満々に言うと、綺麗にかけてあった女性用の装束を手に取り、僕に着付けを始めた。

昔、社会科の教科書で見た十二単のような伝統的な衣装だ。いろんな色の布を何枚も重ねて羽織っていく。薄くて軽い生地だから何枚重ねても動けなくなる感じではなさそうだ。

「さぁ、できたぞ」

生地ばかりに集中していた僕は満足そうなウィルの言葉が聞こえて、はっとしてすぐに鏡に目をやった。そこには艶やかな衣装に身を包んだ僕の姿があった。

「わぁーっ、綺麗っ！」

「ああ、実に綺麗だ。やっぱりルカがこの服を着てよかったな」

「そうですね。やっぱり格好良いウィルにはあっちの服が似合います」

「そうか？　ルカがそう言ってくれると嬉しいな」

「ウィルは自分で支度できるんですか？」

「ああ、男性の衣装は騎士団の制服と大差ないからな。問題ないよ」

ニコッと笑顔を見せ、そのままウィルは自分の衣装を手に取ったかと思うと、あっという間に支度を終えた。

「どうだ？」

「わっ、すごい！　やっぱりウィル、格好いいです！」

「ありがとう。じゃあ、そろそろ行こうか」

着慣れない服で転びそうになるのを気をつけていると、さっとウィルに抱きかかえられた。

「転んで怪我でもしたら大変だからな」

「ありがとうございます」

優しいウィルの腕に抱かれながら、ウィルの首に腕を回した。

「そうだ。ルカはずっとこうやって私の傍から離れないように。いいか、婚礼の儀でもその後の宴《パーティー》でも絶対に私の傍から離れてはいけないよ。それが今日のルカの大事な役目だ。できるか？」

「わかりました。僕、今日の自分のお役目をちゃんと果たして、無事にウィルの伴侶になります」

「――っ、あ、ああ。そうだな。一緒に頑張ろうな」

「あの、頑張れるように、ちゅーしてもらえますか？」

「くっ――！　ああ、もうっ！　ルカが可愛すぎるっ!!」

「ウィル？」

なぜか身悶え始めたウィルに声をかけると、ウィルは僕を抱き上げたまま、ちゅっと優しいキスをしてくれた。

重ね合わせるだけの本当に軽いキスだったけれど、僕はこれで頑張れると思えた。

「続きは今夜にな。ルカ、今日は眠れないかもしれないけど、許してくれ」

「眠れない？　どういう意味ですか？」

「ルカと本当の夫夫《ふうふ》になるということだよ。いいか？」

「はいっ！　もちろんです！　僕、早くウィルと本当の夫夫《ふうふ》になりたくて頑張ってきましたから」

「くっ――――！　もう煽られすぎておかしくなりそうだ……」

「ウィル？」

「ルカ、愛してるよ」

突然のウィルの愛の言葉に驚いたものの、嬉しくないわけがない。

「はい。僕もウィルのこと、愛しています」

ウィルにギュッと抱きついて、お互いに笑顔のまま支度部屋を出た。

ウィリアムサイド

ルカに煽られてこのまま押し倒してしまいそうになったが、今日は待ちに待った婚礼の儀。

これさえ乗り切れば、ルカは私の伴侶。堂々とルカと契りを交わせる。

だからこそ、今ここでは大人しくしておかねば。

それに、私にはその前にしなければいけないことがある。

今回の宴《パーティー》にはあのレジーも参加する。宴《パーティー》でレジーの事件の真実を解明し、ルカがなぜレジーを土下座させたのかを皆の前で明らかにするという、アシュリーと計画した重要な任務が待っているのだ。

これがうまくいけば、ルカへの誤解も解け、風当たりが良くなるどころか、素直で可愛らしいルカは皆に愛されるようになるだろう。正直なところを言うと、ルカの可愛さが皆に知れ渡るのは複雑な気持ちだったが、ルカが安心安全に暮らせるようになるならそのほうがいい。

ルカの可愛さにやられて不埒なことを企む者が現れたとしても、私がルカの伴侶となる以上、絶対に手出しはさせない。

私はその思いを胸に花嫁姿のルカを連れ、父上の元へと向かった。

「父上、支度が整いました」

「おおっ、ルカッ!!　なんと美しいんだ!!　まるでヘレナが戻ってきたようだな」

父上はソファーに座り、振り向きざまにルカを見て、そのあまりの美しさに目が釘付けになっている。私のほうには見向きもしない。それも仕方がないことか。

確かにルカの母上と同じ婚礼装束に身を包んだルカは、女神のように美しいのだから。

「ルカ、こちらに来てくれ」

手招きをされて、ルカを抱きかかえたまま、ほんのり目に涙を潤ませながら嬉しそうにルカを見つめる父上の元へと向かった。

「ウィル、あの、一度僕を下ろしてください。お願いします」

ルカを抱いたまま腰を下ろそうと思ったが、真剣な声で懇願された。

抗うこともできず、そっと腕からルカを下ろしてソファーに座らせる。

「ウィル、ありがとうございます」

ルカは本当に女神のような微笑みを浮かべながら、父上に身体を向けるとギュッと父上の手を握った。

「お父さま。今までルカを大切に育ててくださってありがとうございます。ルカはお父さまとお母さまの子どもに生まれて幸せでした。僕はこれからウィルと幸せになります」

「――っ!!」

父上は思いがけないルカからの感謝の言葉に声を出すこともできないまま、目に溜まっていた涙をほろりと流した。

「お父さま……。僕、お父さまが大好きです。きっとルカも同じ思いでいますよ」

「ああっ！　ルカ!!　私もずっと幸せであったぞ。……ルカ、そしてカイト。其方たちは永遠に私の息子だ」

「お父さま……」

父上はルカを強く抱きしめながら頭を優しく撫でる。

ルカは本当に幸せそうな表情で静かに涙を流していた。実に感動的な親子の姿だ。

ルカのあまりにも幸せそうな表情に嫉妬しないわけではないが、今日からルカはフローレス公爵家の嫡男から、ウィリアム・フローレスの夫《つま》に変わる。ここはグッと堪えるのだ。

ルカはこれから私だけのものになるのだから、今は二人の時間を大切にしてあげなくては。それが男として、夫として度量の見せどころだ。

温かい目で二人の抱擁を見守っていたが……いや、さすがに長くないか？

父上ももうそろそろルカを離してもいいだろう？

いや、待て。もう少しだけ……もう少しだけ……

必死に心を落ち着かせながら待ったものの、なかなか離れる様子のない二人に、私はとうとう我慢の限界を迎えてしまった。

「ち、父上。そろそろ登城の時刻にございますが……」

その声かけにようやく父上の手がルカから離れ、私はスッとハンカチを出してルカの頬を伝う涙を拭い取った。

「ウィル……ありがとうございます」

少し赤い目で私に礼を言うルカを見て、あまりの可愛さについこの場で口づけをしたくなってしまったが、目の前には父上の姿がある。

さすがにこの感動の場面で私が口づけをするのは憚《はばか》られる。

自分の欲を必死に押しとどめながら、ルカの衣装を崩さないようにそっと抱き上げた。

「では、父上。参りましょう」

何か言いたげの様子の父上に声をかけ、我々はようやく屋敷を出て城へと向かった。


フローレス公爵家の紋章入りの一番大きな馬車で王城玄関に乗りつけ、ルカを抱いたまま外へ降りると、玄関に並んでいた騎士たちがルカの神々しいほどの美しさにハッと息を呑んだ。

ルカはそんな彼らの反応には気づいていない。

「今日はよろしくお願いしますね」

大勢並ぶ騎士たち皆に顔を向けながら、にっこりと笑顔を見せた。

すると、それを見た騎士たちが次々とその場に頽《くずお》れていく。

「わっ！　だ、大丈夫ですか？」

心配そうに声をかけるルカをギュッと抱きしめ、急いでルカから騎士たちの姿が見えないようにした。

「ルカ、気にしないでいい。あいつらも今日の婚礼の儀に緊張しているだけだ。なんと言っても国内の貴族たちが一堂に会するのだからな。ルカ、少しだけ耳を塞いでいてくれるか？」

「えっ？　耳、ですか？」

ルカは不思議そうな顔をしながらも、私に言われた通り、小さな手で小さな耳を覆い隠した。

声が聞こえていないと確認して、私は顔だけを騎士たちに向けて睨みを利かせた。

「お前たち、しっかりしろ!!　ルカの美しさにやられていたのでは守ることなどできぬぞ!!　お前たちの使命はなんだ!?　次、このようなことがあれば特別訓練とするぞ！　わかったなっ!!」

「はいっ!!　私たちがルカさまを命を懸けてお守りいたします!!」

私の一喝に騎士たちは顔面蒼白になって勢いよくその場で直立し、王国騎士団本来の騎士たる姿を見せてくれた。

「よし、しっかりやれ!!」

私はそう言い捨て、ルカを連れて王城の中へ進み、用意された控え室に入った。


「ルカ、慣れない服を着て疲れていないか？」

「いいえ、ウィルがずっと抱いていてくれたので平気です」

「そうか。なら、ずっと抱いていような」

「えっ？」

驚くルカをよそに、私は控え室にある一人がけのソファーに腰を下ろし、ルカをそのまま膝の上に座らせた。今日は一日ルカから離れるつもりはない。ほんの少しの気の緩みがとんでもないことになるのを今まで何度も見てきた。

ルカに少しでも危険が及ばぬように、絶対にルカから離れないと誓う。

「それではウィルが疲れませんか？」

「心配しないでいい。そんなヤワな身体はしていないよ。遠征演習の時などは百キロの錘《おもり》を持って数時間歩くこともあるのだからな」

「ええーっ、百キロですか？　僕二人分以上です」

「だろう？　だから、ルカの一人や二人抱きかかえて歩いても、なんの疲れもないよ」

「すごいんですね、ウィルって……。だからこんなに逞しいんですね」

ルカは感心しながら私の腕に触れてきた。その触れ方があまりにも心地良く、私は昂る気持ちを抑えるのが必死だった。しかし、その昂りはルカの次の言葉であっという間に霧散した。

「僕、実は最近のゆったりした生活で太ってきてるなって思っていて……運動したほうがいいかなってセスに相談したんです」

「相談？　どういう相談だ？」

「あんまり太りすぎたらウィルに嫌われるかもしれないから、僕でもできそうな騎士団の訓練に参加させてもらってお肉がついた身体を少しでも鍛えようかなって。でも、セスに別に太っていないから大丈夫だ、ウィルやお父さまには訓練に参加したいなんて言っちゃダメですって言われたんですよ」

ルカが騎士団の訓練に参加??

いやいや、筋肉をつけるとかそういう問題じゃない。訓練中の騎士たちは飢えた獣そのものだ。その中にルカを入れる？　考えただけでも恐ろしい。

セス殿、よくぞルカを止めてくれた！　後で強く礼を言っておかなければ。

「ルカが太っているなんて、どこを見てそう思ったんだ？」

「ええーっ、ウィル。気づいていなかったんですか？　お腹とかちょっとぽちゃぽちゃしてきていますよ。ほら」

ルカは私の手を取って装束の上から腹を触らせる。

薄い装束越しにルカの素肌の柔らかな感触が伝わってくる。

「くっ――――！」

ルカの危ない話に萎えたばかりの昂りが一気に熱を持ち始める。

さっきからルカの言葉で一喜一憂しすぎて昂りがどうにかなってしまいそうだ。

「ねっ？　ちょっとお肉がついてきてるでしょう？　だから少し鍛えたいんです」

「い、いや。気にすることはない。私の好みはルカだ。痩せようが太ろうが嫌いになったりはしないよ。今のありのままのルカがいいんだ。だから無理はしないでくれ」

「うーん、ウィルがそう言うならそうします。実を言うと、鍛えるのは大変そうだなって思っていたので」

楽しげに笑うルカを見てホッとしたが、ルカがこれからも危険なことを言い出さないように父上やセス殿と話し合ったほうがいいいな。


しばらくゆっくり過ごしていると、部屋の扉が叩かれ外から声がかかった。

「フローレス公爵家ルカさま、オルグレン侯爵家ウィリアムさま。婚礼の儀の時刻となりましたのでお迎えに上がりました。大広間へご案内いたします」

「わぁ、とうとう始まるんですね。少し緊張してきました」

「心配ないよ。私が傍にいるから、ルカは私のすることを真似すればいい」

「はい。ウィル、頼りにしています」

「――っ、ああ。任せておけ」

ルカを抱きかかえたまま部屋の扉を開けると、迎えにきた騎士は驚いているようだったが、そこはすぐに理解したのだろう。何も口にすることはなかった。

「ウィル……」

「大広間に入るときに下ろすから、それからは私と腕を組んで寄り添って歩くのだぞ」

「わ、わかりました」

心配しなくてもいいと言ったが、やはり少し緊張しているのだろうな。その顔も美しいことに変わりはないが。

大広間の扉の前に立ち、ルカをゆっくりと下ろす。長い装束で転ばないように腕を組み、その腰を抱いた。

大きな声で入場の名が呼ばれ、扉が開いた瞬間、大勢の招待客の視線が一斉にこちらに注がれた。

中央に赤い絨毯が敷かれ、その両脇に招待客が並んでいる。絨毯とは一定の距離を保ちながら、騎士たちを隙間なく配備し、誰も我々に近づくことはできない。

それでも美しいルカの姿を見ようと、なんとか隙間から顔を出そうとする者もいた。赤い絨毯の先には陛下の姿が見える。私たちはその場所までゆっくりと歩き始めた。

しんと静まり返った大広間に、コツコツと我々の足音だけが響き渡る。

密着して歩いているから、ルカの身体が少し震えていると気づいた。

「ルカ、怖いのか？」

「い、いいえ。ただ、こんなに注目されることが初めてで……」

「そうか。だが、心配ない。ルカは私の温もりだけを感じていればいい」

素直なルカは私を見上げながらすぐに満面の笑みを見せてくれた。

その瞬間、会場のあちらこちらから感嘆の声が漏れ聞こえた。

＊　＊　＊

わぁ――っ、なんか、すごい。みんながウィルを見ている。

そりゃあそうか。だって、かっこいい騎士団の団長さんだもんね。

そんな人と結婚できる僕って、本当に幸せだ。

大広間の扉が開い瞬間、ものすごい数の視線を感じて少しびっくりしたけれど、ウィルが心配ないと蕩けるような優しい笑顔で言ってくれた。それだけで安心する。

僕は深く息を吐いて、ゆっくりと歩き始めた。裾が長くて動きにくい服だけど、ウィルがピッタリと寄り添って腰を抱いているから、裾を少し持ち上げるだけで楽に歩ける。あまり足が見えるのはよくないと着付けをしてくれた時に言われたから、そこだけはしっかりと守る。

「焦らなくていいから、ゆっくりな」

ウィルに小声でそう言われて本当にホッとする。

時々ウィルを見上げながら、真正面の国王さまに目を向けると、国王さまも優しげな表情で僕たちが近づくのを見つめてくださっている。

この時、小川のせせらぎのような柔らかな音が流れ、大広間には僕たちの足音と僕の衣擦れの音だけが響く。周りにいる人たちは固唾を呑んで見守っているようだ。

絶対に失敗したりしないようにしないと！

そう思っていたのに、もうすぐ国王さまのいる場所に到着すると安心したのが悪かったのか、急に足が縺《もつ》れて転びそうになってしまった。

「わっ――！　えっ、あれ？　え――っ⁇」

床に倒れちゃう！　と思ったけれど、何がどうなったのか、気づいたら僕はウィルの腕の中にいた。

途端に今まで静かだった大広間にきゃーっ‼　という大きな声があちらこちらから上がって、僕はあまりの迫力にビクッと身体を震わせた。

「ルカ、大丈夫か？」

ウィルはそんな声など何も気にせず、僕に優しい言葉をかけた。

「は、はい。大、丈夫です。ごめんなさい。もうちょっとだったのに、失敗してしまって……」

「いや、気にすることはない。かえってルカが私のものだと早々に宣言できてよかったんだ」

そして抱きかかえたまま、ぎゅっと強く抱きしめてくれる。

その間もずっと黄色い声がやむことはなかったけれど、ウィルは僕を抱いたまま国王さまの前に到着した。

国王さまと向き合うとようやく騒いでいた声もやんで、大広間にはまた静寂が戻った。

ウィルはゆっくりと僕を下ろすと、僕に目で合図を送った。

その合図を見てウィルに教えられた通り、二人揃って国王さまに深々と頭を下げ、その場に跪く。

僕たちの頭上で国王さまの威厳に満ちた声が大広間中に響き渡った。

「フローレス公爵家ルカ・フローレス。其方はウィリアム・オルグレンを夫とし、その命のあるかぎり貞操を守り、ウィリアムへの永遠の愛を誓うか？」

んっ？　貞操ってなんだろう？　一瞬そう思ったけど、聞けるような雰囲気でもない。

ウィルからは国王さまの言葉には『誓います』と宣言すればいいと言われていたから、その通りにしよう。永遠の愛を誓うって意味は僕にもわかるしね。

「はい。誓います」

僕がはっきりと答えると、周りから「おーーっ!!」と歓声が上がる。その歓声にビクッとしたけれど、目の前の国王さまの言葉は続く。

「オルグレン侯爵家ウィリアム・オルグレン。其方はフローレス公爵家に入り、ルカ・フローレスを夫《つま》とし、その命のあるかぎり固く貞操を守り、ルカを守り、慈しみ、永遠の愛を誓うか？」

あれ？　何だか僕への言葉よりずいぶん長かったけど気のせいかな？

そっとウィルの顔を覗き見ると、僕の視線に気づいたのか、にっこりと僕に笑顔を見せてから国王さまに向き合う。それから大広間中に聞こえる声で、誓った。

「はい。私の命を懸けてここに誓います」

その瞬間、さっきよりもずっと大きな声で「おおーーっ!!」と歓声が上がった。

「対のペンダントを二人に授けよう」

誓いの言葉の後で、国王さまは僕とウィルに光り輝くペンダントをかけてくれた。このペンダントはフローレス公爵家の紋章がモチーフになっているけれど、お父さまがつけているものとは全然違う。

同じデザインは僕たちのペンダントのほかはないんだって。本当に世界にふたつしかない大切なものだ。

僕はそれをぎゅっと手の中に握りしめながらウィルを見る。

ウィルも嬉しそうに僕を見つめていた。

「これを持って二人の婚姻は揺るぎないものとなった。皆の者、其方たちは二人の婚姻の証人となったのだ。新しく夫夫《ふうふ》となった二人に祝福の拍手を贈ってくれ」

国王さまのその言葉に、大広間にいる招待客の皆さんから盛大な拍手が僕たちに贈られた。

僕は幸せに満ちた気持ちでウィルを見つめると、ウィルはスッと立ち上がり僕を抱き上げた。

「私はルカを心から愛している」

大広間中に聞こえるような大声で叫んだと思ったら、今度はみんなに見えるように僕にチュッとキスをした。

拍手と途轍もない歓声が入り混じった大広間の中で、僕はウィルにされるがままキスを受けた。

「んっ、んっ」

大歓声に混じって大きな咳払いが耳に入った。

ゆっくりとウィルの唇が離れていく。

「ウィリアム、もうその辺にしておけ」

呆れ返ったような国王さまの声に何か悪いことをしたかもしれないと不安になったけれど、ウィルは僕に大丈夫だと唇だけ動かして伝え、笑顔で国王さまに頭を下げた。

「申し訳ありません、陛下。私のルカがあまりにも美しく魅力的なのでつい……」

「もうよい、わかった。二人とも席に着くがいい」

その声が怒っていないことにホッとする。

そして国王さまが席に着くとウィルも僕を席に座らせてくれた。

それを合図に大広間に次々と食事が運ばれ、用意されたテーブルはあっという間に豪華な料理で一杯になった。

さすが王城に仕える料理人さんたちだな。いい匂いがしてとっても美味しそう。

今日は僕たちのための宴《パーティー》だということで、国王さまと王妃さまの座る玉座の隣に僕たちの席が設けられている。

ここからは大広間が一望できると同時に、大広間にいる人からの視線もいっぱい感じて緊張してしまう。

周りには今日は騎士として参加しているアシュリーさんを始め、騎士団の人たちが僕を守っている。大丈夫だとわかっていても、やっぱり大勢の人たちに見られると身体が震えてしまう。招待客の人たちがそれぞれ食事や飲み物を楽しんでいるのを、ただ見守ることしかできなかった。

「ルカ、食事にしようか？」

「はい。でも、緊張していて、あまり食べられそうにないので、本当に少しだけで大丈夫です」

ウィルは食欲のなさそうな僕を心配して、近くに控えていたセスに僕が食べられそうなものを選んで持ってきてくれと頼んでくれた。

セスはすぐに料理を選んで持ってきた。そのお皿には僕の好きな果物や柔らかそうなお肉が載っている。

「美味しそう！」

「よかった。そう思えるなら食べられそうだな」

ウィルの笑顔にホッとして、僕はいつものように口を開けた。

けれど少し待っても食べ物が入ってこない。

あれ？　おかしいな。

「あーん」

声に出して言うと、ようやくウィルが僕の口に美味しいお肉を入れてくれた。

「んっ！　ウィル、このお肉とっても美味しいです」

「そうか、いっぱい食べるといい」

気づくと大広間はしんと静まり返り、みんなが僕がご飯を食べるのを注目していた。

「えっ？　うぃ、る……。僕、何かやっちゃいましたか？」

「ルカ、気にしないでいい。ルカが幸せそうな顔をして美味しそうに食べているから、みんなが何を食べているんだろうと気になっただけだ」

「そうなんですね、よかった。でも、ここから見てもどのお料理も美味しそうだから、みんな幸せになりますよ」

「ああ、そうだな。私も幸せだよ」

そう言ったウィルの笑顔に、僕の幸せも増えた気がした。


食事が終わると、大広間中に軽やかな音楽が流れ始めた。

「ウィル、この音楽はなんですか？」

「ダンスが始まるんだよ」

その言葉通り、次々に大広間の中央に男女が集まって素敵なダンスを始めた。女性がくるりと回るとドレスがひらひらと揺れて、見ているだけでウキウキしてくる。

そこから何曲か流れる間、招待客の人たちのダンスが続いた。

その時間が終わってもまだ美しいダンスの余韻に浸っていると、それを一瞬にして打ち砕くようにガシャーンと何かが割れた音が大広間中に響き渡った。

「な、なに？」

びっくりして目をやると、そこには散らばったガラスの破片の中心で土下座をする男性と、その人の目の前で激昂しているアシュリーさんの姿が見えた。

ブルブルと身体を震わせながら青褪めた表情の男性が、申し訳ありませんと床に額を擦り付け、アシュリーさんに謝罪する姿に、僕はカイトだった頃の記憶を重ねて怖くなった。

震えながら隣にいるウィルの手をぎゅっと握ると、ウィルはすぐに気づいて僕を抱き寄せてくれた。

「ウィル、アシュリーさんが……」

「ルカ、心配しなくていい。アシュリーはルカの、以前のルカを守るためにああやって声を荒《あら》げているんだ」

「ルカを守るために……？」

「ああ、そうだ。ルカの汚名を返上するために頑張っているんだ。だから、ルカは黙って事の成り行きを見守っていてくれないか？」

「わ、わかりました……」

ルカの汚名……。もしかしたら、ルカの知らないところでルカが悪者にでもされていたんだろうか？　そうだとしたら、辛い。

あの時、夢の中で出会ったルカは本当に悲しそうだった。自分の寿命を知り、自暴自棄になって、それでも自分を忘れてほしくなくて、方法は間違っていたけれど、必死に自分が生きた証を残そうとしたんだ。

だけど、その結果ルカが悪い子だと評判だけが広まった。何か悪いことが起こった時に、それをルカのせいにされていたとしたら？　しかもそれをみんなが信じてしまったとしたら……？

それがどれだけ辛いことか、僕は知ってる。

継父は弟が泣いていたら、いつも僕のせいにした。

そのうち、幼い弟でさえも僕にいじめられたと言うようになった。誰がどう見ても違うってわかるはずなのに、誰も僕の言うことなんか信じてくれなかった。辛くて悲しい気持ちになりながらもどうすることもできなかった。

もしかしたらルカもあんな思いを味わっていたのかもしれない。

こんなに大勢の人の前で真実を明らかにしてくれるのなら、きっとルカは浮かばれる。

どんな結果になったとしても、僕は見守ることにしよう。

僕はウィルに言われた通り、ただ静かに成り行きを見守る。

僕だけでなく、大広間にいる人みんなが固唾を呑んでいたけれど、この場から逃げ出そうとした一人の女性の姿が僕の目に飛び込んできた。

彼女は大広間を出る途中で両腕を騎士に掴まれ、抵抗しようと必死に大声をあげた。

「痛いっ！　離してっ!!　やめてっ!!」

その女性は大声を上げ続けるけれど、騎士たちの動きはやめるどころか、アシュリーさんの前で土下座をしている男性の隣にその女性を投げ飛ばし、そのまま女性は床に転がった。

ウィリアムサイド

「ネイハム・グルーバー！　レイラ・ベレンソン！　お前たちの悪事は余すところなく把握している。大人しく全てを吐け！」

アシュリーの声に、一瞬にして大広間を静寂が包んだ。

「レイラ・ベレンソン。まずは先ほどドレスのポケットに隠したものを出せ」

レイラは床に這いつくばりながら必死に逃げようとしたが、すぐに騎士たちが取り押さえた。

その瞬間、レイラのドレスのポケットから小さな瓶がコロリと落ち、コロコロとアシュリーの元へと転がっていった。

「レイラ、これはなんだ？　説明しろ」

「――っ、あ、あの……た、ただの水、でございます。途中で喉が渇いたら、と」

「ほう。ただの水、とな？　ならば、すぐに検査してみよう」

「えっ？」

「この薬紙に中の液体をかけ、赤になれば毒薬、紫になれば媚薬、青になればただの水だ。さて、どうなるかな？」

「いやっ！　やめてください!!」

レイラは大声を上げながらジタバタともがいたが、屈強な騎士たちに取り押さえられてどうすることもできないようだ。周りの皆も固唾を呑んで見ている。

アシュリーがその薬紙に小瓶の液体を一滴落とすと、薬紙は一瞬にして紫色に染まった。

「あぁっ！　色が変わった!!」

「本当だ！　あれは水なんかじゃないぞ！」

「なんで媚薬なんか持ち込んでいるんだ？」

色が変わったと同時に、あちらこちらから声が漏れたが、アシュリーがレイラの名を呼んだ途端、大広間にまた静寂が戻った。

「レイラ、これはどういうことだろうな？」

「そ、それは……その……」

取り繕うための言い訳を考えているのだろう。

アシュリーはそんなレイラから視線を移し、土下座したままのネイハムに声をかけた。

「ネイハム、お前も知っていたのだろう？　あの中身が媚薬だと。あれは何に使うつもりだったのだ？　説明しろ」

「あ、あの……それは、その……」

「お前が正直に全てを話せば、減刑を少しは考えてやってもいいのだがな」

「ま、まことでございますか??」

「ああ」

アシュリーの笑顔にネイハムは安堵した表情を見せながら、意気揚々と話し出した。

「はい、正直に申します。あの強力な媚薬を飲み物に混ぜ、それを飲んだ者にレイラを襲わせて慰謝料をいただく計画をレイラ自身が立てていたのでございます」

「そんなの嘘よっ!!」

「嘘じゃないだろう!! 以前の宴《パーティー》でだってそのつもりで計画していたじゃないか! 前の婚約者の伯爵令息に自分を襲わせて慰謝料と婚約解消の損害賠償と併せて取るつもりだったくせに!! あの時失敗したから、今回こそはって念入りに計画していたじゃないか!!」

少し離れた場所で顔をそむけ、俯いていたレジー・ジェラールが、その言葉にパッと顔を上げた。

今の話が己のことだと気づいたか。

王家主催の宴《パーティー》は三年前のあの時以来、開催されていない。

あの時も今回と同じ媚薬を持って計画していたレイラ。そしてその時レイラをエスコートしたのは、当時婚約者だったレジーだ。ダンスの後、レイラが渡したグラスの飲み物を飲もうとして、ルカとぶつかり、あの事件が起こった。

もしあの時ルカとぶつからずにあの飲み物を飲んでいたらどうなっていたか。

その事実に気づいたレジーは、みるみるうちに表情を青褪めさせてその場に蹲った。

その様子を見守っていた騎士がレジーに近づき、助け起こす。事実を知ったレジーのことはあの騎士に任せておけばいい。私はアシュリーたちに視線を向けた。

「興味深い話が聞こえたな。前の計画とは、三年前のあの宴《パーティー》の話か？」

アシュリーの問いかけにネイハムは大きく頷き、そしてはっきりと答えた。

「は、はい。そうでございます」

「違う！　違うんです！　私は何も知らないんです！」

「うるさい！　お前は黙っていろ！　おい、口を塞いでおけ！」

アシュリーが近くにいた騎士にレイラの口に猿轡《さるぐつわ》を噛ませるように指示を与える。すぐにレイラの口が塞がれた。苦しげなレイラのうめき声が響く中、アシュリーはなおもネイハムに話を聞き続ける。

「その計画とやらは、なぜ失敗したのだ？」

「それは……標的であった伯爵令息が、その媚薬の入った飲み物を飲まなかったからです」

「気づかれたのか？」

「いいえ、その標的がぶつかって飲み物を零し、違う騒動が起こってしまいましたので、それで計画が潰れたのです」

「違う騒動とはなんだ？　正確に答えろ」

その頃には、あの事件を思い出した招待客たちから口々に言葉が飛び交っていた。

やはり三年経ってもあの強烈な事件を忘れる者はいなかったようだ。

「その標的が、あちらにおられるルカさまの服に飲み物をかけてしまったのです。お怒りになったルカさまが標的を土下座させて大騒ぎになってしまいましたので、その計画は頓挫いたしました」

「それでどうなった？」

「ルカさまに令息を土下座させられ、権威が失墜するだろう伯爵家には慰謝料を払う余裕もなくなるだろうと考え、レイラは早々に見切りをつけて令息に婚約解消を申し出たと聞いております」

ネイハムの説明にレジーは大きくうなだれ、離れた場所に座っているルカに視線を向けた。ルカが本当は自分を助けるためにあの芝居をしたのだと気づいたようだった。まだ完全に信じてはいないだろうが、先ほどまでルカに向けていた怒りの表情は消えているからほぼ大丈夫だろう。

「レジー、今の話を聞いていたか？」

「えっ、は、はい」

突然アシュリーから声をかけられたレジーは動揺していたが、事件の真相を知って少し心に余裕ができているようだ。しっかりとアシュリーの目を見て言葉を返していた。

「其方には嫌なことを思い出させて申し訳ないが、其方が受けた辛い仕打ちの影にはこいつらの計画があったのだ。あの時すぐにそれに気づいていれば、其方にあのような思いをさせることはなかった。しっかりと調査もせず、三年もの間、辛い思いをさせてしまい本当に申し訳なかった。騎士団を、いや、王家を代表して謝罪する。レジー、申し訳なかった」

アシュリーがレジーに頭を下げる姿を見て、大広間中が騒めいた。

「い、いいえ。滅相もございません。私めに謝罪などもったいのうございます。私はこうやって真実を知ることができ、安堵しております。同時にこの三年もの間、ルカさまに恨みを抱いておりましたことを恥じております。ルカさま、本当に申し訳ございませんでした」

レジーはアシュリーに礼を言い、玉座の隣に座っているルカに向かって頭を下げた。

「レジー、ルカとウィリアムが其方と話をしたいと言っているが、良いか？」

「もちろんでございます。私もルカさまにお詫びと感謝を申し上げたく存じます」

「そうか。ならば、デーヴィッド、頼むぞ」

「はっ。畏まりました」

アシュリーから直々に命を受けたデーヴィッドは、レジーをルカと私の元へ連れてきた。

＊　＊　＊

「ウィル……」

「ルカ、もう大丈夫だ。悪者はアシュリーが捕まえてくれた。そして、三年前ルカがレジーを無理やり土下座させたのは、レジーを悪者の手から守るためだったとわかった。これでルカの名誉は回復する。きっとルカも喜んでいることだろう」

貴族が一斉に集まる場であの時の真相を公開できたのは、これからカイトがルカとして生きる上ではかなりの収穫だった。

間者に調査させた際に、あいつらが今回の宴《パーティー》でも同じ計画を立てていることが偶然わかって本当によかった。

そのおかげでアシュリーのあの大立ち回りに繋がったわけだからな。こういう派手なことはアシュリーに任せておけば楽勝だ。

「ルカさま、ウィルアムさま。レジー殿をお連れしました」

「ああ、ありがとう」

デーヴィッドに連れられやってきたレジーは緊張しているように見えた。

まぁ当然か、我々もいて、隣には両陛下もいらっしゃるからな。

「レジー、まずは陛下と王妃さまにご挨拶を」

そう促すと、レジーは恐縮しながらも両陛下に跪いて礼を取った。

「ああ、レジー。其方に会うのは久しいな」

「私めが、陛下のご記憶にございますこと、大変光栄に思います」

「ははっ。そんなに硬くならずともよい。それよりもルカが其方と話すのを待っておるぞ」

「は、はい」

挨拶を終えたレジーをこちらに呼ぶと、レジーはルカを見て一瞬言葉に詰まった。三年もの間、ずっと憎んできた相手だ。新事実がわかったばかりでどう話せばいいのかわからないのだろう。

そんなレジーを前に、ルカが先に口を開いた。

「レジーさん。三年前に僕がしてしまったこと、いくら助けるためだったとはいえ、大勢の人たちの前で土下座なんてさせてはいけなかったですね。本当にごめんなさい。でも、レジーさんを守りたい一心でやったことなんです。虫がよすぎるかもしれませんが、許していただけませんか？」

「――っ!!」

ルカが頭を下げる姿に焦ったレジーは慌てて近づいて声をかけた。

「あ、あの、ルカさま。どうかお顔をお上げください。確かにこの三年の間、ルカさまに恨みめいたことも思っておりましたが、真実を知った今、ルカさまにお助けいただいたという気持ちでいっぱいなのです。ですから、もうお気になさらないでください」

「レジーさん！　ありがとうございます!!」

「――っ！」

許してもらえた喜びからルカが笑顔でレジーに手を伸ばそうとしたが、そんなことは許せるはずがない。ルカに触れていいのは私だけだ。

ルカがレジーに触れるよりも先に私がルカの手を取り、私からレジーにお礼を伝えた。

「レジー。ルカを許してくれてありがとう。心から礼を言う」

「い、いえ。本当にお気になさらないでください」

レジーは頭を下げると、デーヴィッドに連れられて招待客たちのいる場所に戻っていった。

「こいつらを地下牢に連れていけ！」

レジーとルカのことが解決したのを見届けて、アシュリーがまだ大広間の中央で床に這いつくばったままの二人に声をかけた。

「ひぃーーっ、お助けを！　どうか、どうかお許しください」

許しを乞うネイハムの隣でレイラはブルブルと身体を震わせながら手を擦り合わせているが、それを無視して騎士たちが二人に手を伸ばそうとしたその時、

「うわぁーーっ、俺に触るなーっ！」

大声で叫びながらネイハムが立ち上がった。その手には先ほどの騒ぎで割れたガラスの破片がある。素手で握っているため、手のひらから血をダラダラと流しつつ、その破片を振り回した。

「きゃーっ！」

「危ないっ！」

ネイハムの血が飛び散り、辺りは一気に騒然となった。

「宴《パーティー》さえなければこんなことにはならなかったんだっ!!　お前のせいだーっ!!」

ネイハムは怒りの矛先をルカに向け、血走った目で叫びながらこちらに向かって駆け出す。

「陛下、ルカを頼みます！」

恐怖に震え上がったルカを陛下に託し、私はさっと玉座から飛び降りてネイハムの前に立ちはだ

かった。

「ルカに手を出すことは私が許さん！」

「お、俺の邪魔をするなーっ‼」

ガラスの破片を振り回しているネイハムの手に手刀を与え、それを叩き落とす。そしてさっと身体を近づけ、ネイハムの背中に手を当てながら鳩尾に一発拳を入れた。

「がはっ‼」

その衝撃に一瞬で落ちたネイハムはそのまま膝から頽《くずお》れた。

「団長！　大丈夫ですか？」

「問題ない。すぐにこいつを地下牢に連れていけ！」

駆け寄ってきた騎士に指示を与えると、すぐにネイハムは大広間から連れ出された。

「ウィリアム、大丈夫か？」

「あんなやつなど私の敵ではないよ」

「そうか、すぐにルカの傍に行ってやれ」

「ああ。後は頼む」

その場をアシュリーに任せ、私は急いでルカの元に戻った。

ルカは目にいっぱい涙を溜めて陛下の傍にいた。

「ルカ……」

「うぃる……っ‼」

私を心配していたことがわかる表情を見てますます愛おしさが募る。

私はルカを強く抱きしめた。

「怖がらせてすまない」

「ううん、ウィルが無事でよかった……」

「ルカ……っ‼」

もう一度強く抱きしめると、私たちは大きな拍手に包まれた。

「「えっ？」」

驚いて顔を上げると、大広間にいた者たち全員が笑顔で拍手をしているのが見える。

ああ、もうこれでルカの名誉は完全に回復されたのだ。

もう誰もルカに手出しすることはない。

この宴《パーティー》の成功を確信して、私はルカと共に笑顔で顔を見合わせた。

＊　＊　＊

——ウィリアムさまとルカさまのダンスを見せていただけませんか？

大きな騒ぎが終息し、ほっと胸を撫で下ろしたところで、どこからか突然あがった声に僕はびくりと身体を震わせた。

僕たちのための宴《パーティー》だし、踊らないまま終わるとは思っていなかったけれど、てっきり大勢の中でひっそり踊ると思っていた。それなら下手でもバレないなと思っていたのに、これだと大勢の中で僕とウィルだけが踊るってことだよね？　しかもみんなに注目されながら……

公爵家の息子として育ってきたルカなら、きっと余裕で踊れるだろう。それこそ、ウィルに恥をかかせないくらいに。

でも今この場にいる僕《ルカ》は何もできない。だって中身は何もできないまま死んでしまった、ただのカイトだから。

どうしよう……。どうしたらいい？

「ルカ、断ってもいいぞ？」

ウィルが心配そうな目で僕を見つめる。

でも、せっかくルカのイメージが良くなった今、ここで断ったりしたらまたわがままだと思われちゃうんじゃないかなという不安が込み上げてくる。

大広間にいる人たちに視線を向けると、みんな期待に満ちた目で僕たちを見ている。こんな状況で断れるわけない。

でも、みすみすウィルに恥をかかせるわけにはいかない。

ああ、もう一体どうしたらいいんだろう。

――カイト、大丈夫。僕の身体がちゃんとダンスを覚えているから。心配しないでウィリアムにリードを任せて。


突然僕の頭の奥から、あの時聞いたルカの声が響いてきた。

驚いている僕に頭の中のルカは、なおも嬉しそうな声で話し続けた。

――真実を明らかにしてくれてありがとう。カイトにもウィリアムにも、そしてアシュリーにも感謝してる。だから、今日は楽しい時間を過ごして……

最後は段々と声が薄らいでいったけれど、ルカが喜んでいることだけはよくわかった。

ルカ、ありがとう。僕、楽しんでくるよ。

心の中でルカにお礼を言って、僕はウィルに目を向けた。

「ウィル、行きましょう」

「ルカ、大丈夫なのか？」

「はい。だって、ウィルが一緒だから。きっと大丈夫です」

「――っ！　わかった。だが、無理はするなよ」

優しいウィルの言葉に笑顔で返して、僕はウィルにエスコートされながら玉座を下り、大広間の中央へと向かった。周りには誰もいない大広間の中央で、僕はウィルと向かい合わせに立ち、心配そうなウィルに再び微笑みかけた。

ウィルの手をそっと取るとゆったりとした音楽が流れ始め、その瞬間、僕の身体がふわりと軽くなった気がした。

本当だ。ルカの言った通りだ。身体が覚えているんだね。

僕はもう何も考えず、ただウィルとのダンスを楽しむことだけに集中する。曲に合わせてウィルのリードに導かれるまま、僕の足が、身体が勝手に動いていく。

最初は驚きの表情を浮かべていたウィルも、僕が踊れるとわかったからか、笑顔を見せた。ウィルは楽しそうに僕の手を引いてくるりと回すと、周りにいた人たちからわぁっと感嘆の声があがった。

あっという間に一曲踊り終え、ウィルは大広間の真ん中で僕を抱きしめた。

「ルカ、素晴らしいダンスだった」

「ありがとうございます」

ダンスを見ていた招待客の皆さんが興奮して僕たちの周りに近づこうとした時、騎士さんたちがさっと僕たちの周りを囲んだ。

「すまないが、ルカは少し疲れている。休ませてもらおう」

招待客の皆さんは残念そうにしながらも僕たちから離れていった。

騎士さんたちとウィルに守られるように先ほどの席に戻ると、またダンスの曲が流れ始めた。音楽に合わせて皆さんのダンスが始まり、大広間にはまた賑やかさが戻った。

「ルカ、素晴らしいダンスだったな。正直なところ、ルカがこんなにも上手だと思っていなかった。向こうでもダンスを習っていたのか？」

「違うんです。ルカが教えてくれたんです。さっき、頭の中でルカの声がして……身体がちゃんと覚えているから、だから、ウィルに任せておけば大丈夫だって」

「そうか、ルカが……そういえば、ルカはダンスが上手だったな。何年か前に一緒に踊ったが、見る者全てを魅了するようなそんなダンスだった」

「……ウィルも、魅了されていたのですか？」

「えっ？　あ、いや、その……」

「冗談です。ウィルが僕もルカも思ってくれていること、ちゃんとわかっていますから」

「――っ!!　ルカッ！」

「わっ――!!」

急に強く抱きしめられて僕は驚いてしまった。

ウィルはなぜか興奮したように、ちょっと待っていてくれと声をかけ、隣に座っている国王さまの元へ向かった。

ウィリアムサイド

「陛下、もう宴《パーティー》はお開きにしてもよろしいですか？」

「なんだ、突然。どうしたんだ？」

「ルカが……ルカが……」

「ルカが？　どうしたんだ？　もしや今のダンスで怪我でも？」

「ルカが可愛すぎて私の理性が持ちそうにありません！」

「な——っ!!」

私の悲痛な訴えに陛下は呆れた様子だったが、通常なら、婚礼の儀の後はそのまますぐに初夜を迎えるのだ。それが私たちの場合、この宴《パーティー》のために、婚礼の儀を終えてから数時間も経つのにルカの隣にいながら愛し合うこともできない。

それもこれもルカの汚名を返上するため、真実を詳《つまび》らかにするためと思って必死に耐え抜いてきたのだ。

だが、もはや全てが解決した今、いい加減私たちだけの時間が与えられてもいいのではないか？

必死にそう訴えると、陛下は私の願いを聞き届けてくださり、私たちを城内の特別室へと案内してくださった。ここは婚礼の儀の後に宴《パーティー》を行うと決定した後に、初夜のために用意された部屋だ。

公爵家の私たちの部屋まで戻る余裕がなくなることは、陛下も想定済みだった。

宴《パーティー》の途中でお開きにしたいと私が言い出したのは想定外だったかもしれないが……

この特別室は全て防音になっているため、ルカの可愛らしい声が外に漏れることはない。思う存分ルカと愛し合える。

この日をどれだけ待ち侘びたことか……

予定通り、婚礼の儀があと半月後であったとすれば、我慢できたかどうか自分でもわからない。それほどまでに私の理性は限界寸前だった。

だが、相手は何の知識もないルカ。お互いのモノを舐め、蜜を取り込むまでは教えたが、そこから先は未知の領域。上手く事が進むかは私の手腕にかかっている。

無自覚なルカの煽りに負けぬよう、決して暴走しないように心がけなければ。

私は必死に冷静さを装い、ルカを抱きかかえたまま特別室へと足を踏み入れた。

特別室の豪華な造りに、わぁっ！　と感嘆の声をあげるルカを、そのまま寝室へと連れていく。ベッドの横のテーブルには小瓶が置かれていた。これがおそらく王家の秘薬だろう。

初夜から、一週間毎日ルカがこの薬を一粒飲み、一日も欠かさず私の蜜を受け入れ続けると、腹の中に子を宿す場所が作られるのだそうだ。

一度できた場所はその後、消滅することはない。万全を期すため、この一週間はこの部屋から出ずに、ルカの腹に蜜を与え続ける必要がある。

だからこそ、最初にがっついてルカを怖がらせたりしないように、優しく丁寧に抱き続けなければならない。決して理性を失ってはいけないのだ。

「ウィル……？」

「ああ、ルカ。まずはこれを飲もう」

小瓶を手に取り、薬を一粒取り出して水差しからグラスに水を注ぎ、薬と共に水を口に含んだ。そして、ルカと唇を合わせ少しずつ飲ませていく。この薬は苦くも不味くもない。

水にスッと溶けたような薬をルカが最後の一滴まで飲み干した。

「秘薬って苦いと思ってました」

「そうだな。だが、ルカに嫌な思いをさせずに済んでよかった」

「これで赤ちゃんができるのですか？」

「違うよ。これからが大事なんだ。ルカ、私についてきてくれるか？」

「はい。もちろんです」

天使のような微笑みを見せる目の前のルカがこれからどれだけ淫らな姿を見せることになるのだろう。それを想像するだけで興奮してしまう。

決して暴走するなと自分に言い聞かせながら、私はルカに口づけた。

公爵家の庭で口づけをした時のルカは、初めての体験で鼻で息をすることさえ知らなかった。

今は唇を重ねるとすぐに唇を開いて私の舌を迎え入れる。ウブなルカもそれはそれは可愛いらしかったが、こうやって積極的な姿も実にいい。

まだ拙いながらも自ら舌を絡み付かせてくるルカが愛おしくてたまらない。

「んんっ……んっ」

口づけだけで疲れさせるわけにはいかない。名残惜しく思いながらも唇を離すと、ルカは蕩けるような目で私を見た。

ああ、可愛い。可愛すぎる。

私はもう一度口づけ、そのまま首筋へと舌を這わせた。

「ひゃぁーーっ！　んんっ！」

首筋を舐めただけでこんなにも反応するルカに興奮しながら、手早くルカの服を脱がせた。口づけだけでぐずぐずになっているルカはなんの抵抗もなく、あっという間に一糸纏わぬ姿になった。

ベッドの上で裸になっているルカの姿。実にそそられる。

胸の真ん中でぷくりと膨らんだ赤い実がふたつ、私に舐めてと囁いているように見える。そんな誘いを断れるわけもなく、私はその実にむしゃぶりついた。

「ああ――っ！　やぁ――っ、ああっん……んっ」

ルカの嬌声を聞きながら可愛い実を舌で味わって、もう片方を指先で弄って……

ああ、もう幸せすぎる。

「くっ――!!」

ルカの痴態に愚息が途轍もなく大きく昂り、外に出してくれと服の中で叫んでいる。もう少し我慢しろと言いたくなるが、どうしようもない。

ルカの可愛い実を味わいながら、素早く私も服を脱いだ。痛いほどに大きく昂った愚息の先端からすでに蜜を零れているのがわかった。一度出しておいたほうがいいだろうか。

「な――っ！　ルカっ！」

悩んでいる間に、突然、ルカの手が大きく昂りすぎた愚息に触れた。

「かわいい……」

「くっ――！　ルカ、今触れては……」

「みつ、がでそう、ですか？」

「ああ、だから手を……」

知られぬうちにこっそり出そうと思っていたのに、ルカは手を離そうとしないどころか、「だめです。ぼくに、ください……」と可愛くねだってきた。

こんなことを言われて我慢できるやつなどいないだろう。

「ルカ。婚礼の儀を終えたら、蜜は身体に直接受け入れることになるがいいか？」

「からだに、ちょくせつ？」

「ああ、いいか？」

「はい。うぃる、のみつがもらえる、のなら……」

天使のようにあどけない微笑みを浮かべながらそんなことを言う。

ならば、もう我慢しなくてもいい。

私たちは本当の夫夫《ふうふ》になったのだから。

「わかった。じゃあ、ルカ。四つん這いになるのと、仰向けになって脚を上げるのと、どっちの体勢がいい？」

「えっ！　あ、あの、うぃるの、かおがみえるほうが、いいです」

「なら、こっちだな」

私はルカをベッドに仰向けに寝かせ、小さな尻の下に枕をあてがった。

「ほら、ルカ。膝を抱えてごらん」

「ううっ……はずかしい、です……」

「大丈夫、私しか見ていないよ」

ルカの唇に口づけると、恥ずかしさに強張っていた身体から力が抜けていく。

「いい子だ」

口づけながら、そっとルカの後孔に触れると、そこからとろとろとした液が溢れている。まるで蜜壺のようなその感触に驚きながら、これが薬の効果だと悟った。

これなら少し解せば私の大きな愚息でも受け入れることができるだろう。

後孔に光る愛液を自分の指に纏わせ、プツリと中に挿入した。

「ああーっんん！」

ルカの可愛らしい声と共に私の指が吸い込まれていく。

キュウキュウと締め付けられながら奥へと進めていくと、それだけで指が溶けてしまいそうなほどに気持ちがいい。

とろとろとした愛液の中で指を動かすとグチュグチュと卑猥な音を立てる。

「あぁん……っんぁっ……やぁ――っ……んんっ……」

ルカの気持ちよさそうな嬌声と後孔から聞こえるグチュグチュといういやらしい音が私の興奮をさらに高めていく。

痛いほどに昂り切った愚息からはまだか、まだか、とせっつかれ、これ以上待たせては暴走しかねない。とろとろにほぐれた後孔から指を引き抜いた。

「ぬい、ちゃ……ぃやぁ……」

ルカがトロンとした目で可愛いらしくねだってくる。

「――っ!!　くそっ!!　手加減できなくなるだろうが！」

「うぃる……。は、やくぅ、ほ、しぃ……」

「ああっ、もうっ!!」

必死に抑えていた何かが切れた気がした。

自分でも今までに見たことがないくらい大きく硬く反り上がった愚息から溢れていた蜜を手で数回扱いて全体に纏わせ、とろとろの後孔にあてがう。

そしてルカの愛液で滑らせると、グチュンと音を立てて先端が嵌まった。

「ああっ――――!!　んんっ!!」

ルカの苦しげな声の中に気持ちよさが混じっているのを聞き分け、私はそのままグッと勢いよく腰を奥まで押し込んだ。

「ひゃぁーーーっ!!　あぁんっ!!」

「くぅーーっ！　ああっ!!」

バチュンッと激しい音を上げながら一気に根元まで埋まった愚息は、中の柔らかな肉襞に吸いつかれて今にも爆発しそうだ。

腰が溶けてしまいそうな快感の中、どうにもこうにも我慢できない。

「ルカ、動くぞ」

声をかけるのと同時に腰を動かした。

「……ああっん、ああっ、ああっ、ああ……っ」

もはやルカの可愛らしい嬌声を愛おしむ余裕すらなく、腰を激しく動かして打ち付けるとほんの数回で限界に達した。

「ぅうっ！　あぁっ!!」

途轍もない快感に私はルカの最奥に蜜を放った。ビュルビュルと大量の蜜を吐き出しながら、私はまるで初めての吐精のような脱力感と興奮、そして快感を味わっていた。

こんな快感を知ってしまったら、もうルカでしかイくことはできないだろう。

でもそれでいい。

私にはルカさえいればそれでいい。

たまらない幸福感にルカをぎゅっと抱きしめた。

「うぃる……だい、すき……」

ルカがか細い声で耳元で囁いたその瞬間、ルカの中にいる愚息が再び硬く反り上がるのがわかった。

「んっ？　な、に……？」

何もわかっていないだろうルカを抱きしめたまま、私はまた腰を動かし始めた。

私の蜜とルカの愛液でとろとろになった後ろから、グチュグポッといやらしい音が聞こえる。その音にまた興奮を高めながら、私は二度目の蜜を放った。

ああ、幸せだ。この世にそんな天国のような幸せがあるとは。

これがまだ一週間続くのか……。最高だ！

私は幸せに満ちた気持ちでルカを胸に抱き、三度目の律動を始めた。

＊　＊　＊

腕の中で眠っているルカが愛おしくて愛おしくてたまらない。

ルカを初めて抱いてからすっかり我慢を忘れてしまった私は、まるで獣のようにルカに何度も突き入れ、最奥に蜜を放ち続けた。

いい加減、蜜も空になりそうなのだが、とめどなく溢れる欲を抑えられず、どれほどの量の蜜が出ているのかもわからないままに腰を振り、それでも蜜を出し続けている。

もう朝なのか、夜なのかもわからない。

ルカしか見えない部屋でその身体を貪り続け、ようやく心が満ち足りてルカの中から愚息を引き抜いた。コポっと音を立て、ルカの後孔から私の蜜が流れ落ちる。

それを指で中に戻し、かき混ぜてやる。

「んんっ……きもち、いぃ……」

ルカは寝言のような小さな可愛らしい声をあげた。

私がルカとの交わりに溺れているように、ルカも私の与える快感にすっかり溺れている。

意識を飛ばしていても蜜を注ぎ込むと嬉しそうに微笑むのだ。

もう私たちは決して離れられない。全身に私が吸ってつけた赤い花を纏い、すやすやと眠るルカに口づけ、私はようやくベッド脇に置かれた執事用のベルを押したのだった。

「ベッドメイクと食事の支度を」

ただそれだけを告げ、私は眠るルカを抱き上げて風呂場へ向かった。お互いに甘い蜜に塗れた身体を綺麗に清めて湯船に浸かる。

ギュッと抱きしめたくて、私に抱きつくように膝に座らせると、胸同士がくっついて安心する。肌を通してルカの鼓動を感じていると、まるで私たちが一人の人間になったようなそんな気持ちになる。

これから先、離れて暮らす自信もないから、それはある意味正しいのかもしれない。

「……うぃ、るぅ……す、きぃ……」

「ルカは夢でも私に愛を囁いてくれるのか」

幸せすぎてどうにかなってしまいそうだ。ルカの甘い囁きに愚息が反応してしまい、反り上がったモノがルカの尻の割れ目にピッタリとはまってしまった。

風呂場の隣では今頃、執事が部屋を片付け、食事を用意しているはずだ。ここでルカの中に挿入《いれ》てしまえば、確実にルカの甘い嬌声が執事の耳に届く。

だが、ルカの全ては私だけのものだ。たとえ声であっても、交わり中の甘い声など誰にも聞かせたくない。

「うぃるぅ……い、れてぇ……」

ルカは眠りながらも腰を動かしてくる。

この三日間で、すっかりルカも愚息を気に入ったようだ。

我慢などとうに捨てさった私がそんなことをされて辛抱できるはずもない。

私はルカができるだけ声をあげないように口づけをしながら立ち上がり、ルカの後孔に剛直を突き入れた。私の形をすっかり覚えてしまったルカの中は柔らかく、気持ちがいい。

「んふっ……んっ……んぅ……っ」

湯でほんのりと頬を染めたルカを間近で見ながら、腰を突き動かすとルカの中がキューッと剛直を締め付けて蠢《うごめ》いた。

「くっ……！」

あまりの気持ちよさに私はそのままルカの中に蜜を放つ。

放心状態で愚息を引き抜き、身体を清めようとルカの身体を見ると蜜を放っていない。

おかしい。さっき確かにイッたように身体の中が蠢《うごめ》いたのに……

そうか、蜜を出さずしてイッたのか。

どうやら少しずつルカの身体は変化しているようだった。

そんなルカの腹を優しく撫でながら、いつかここに入るであろう赤子を思い、思わず笑みが零れた。


今日で初夜ごもりも終わりか。

ルカを抱き、ルカの中に入ったまま食事をして、またルカを抱き、ルカの中に入ったまま眠る。

そして起きたらまたルカを抱き、その繰り返し。

そんな幸せな時が終わるのか。

この日が来なければいいと思い続けてきたが、やはりこうしてやってくるのだな……

それにしても、ここまで自分が獣のようになってしまうとは思ってもみなかった。

数日経てばさすがに落ち着くと思っていたのに、ルカへの想いは増すばかりだった。

ルカはこの初夜ごもりの間に私への敬語が取れ、素直に甘えてくれるようになった。

それもまたルカへの愛おしさが更に募る。

可愛らしくおねだりされたおかげでとめどなく蜜を放ち続けた結果、ルカの身体にはしっかりと赤子が宿るための場所ができたようだ。

なんせ、私の放った蜜が流れ落ちることがなくなり、全て身体に吸収するようになったのだから。

これでルカが子どもを産むことは確実になり、それと同時に私の心に変化が訪れた。

数日前までは、子どもができるようになれば、すぐに生まれてもいいと思っていた。

だが、跡継ぎを待っている父上や生まれてくる我々の子をアシュリーの伴侶にと考えてくださっている陛下には悪いが、当分はルカを妊娠させるつもりはなくなってしまった。

なぜなら妊娠すれば、きっと心優しいルカのことだ、赤子につきっきりになって私は二の次になってしまうだろう。

私への愛情が子どもにも分け与えられることになれば、私はおそらく赤子に嫉妬してしまうに違いない。

私のルカの身体から生まれ、私のルカに抱かれ、私のルカの乳を飲み、私のルカの愛を一身に受けて成長する。

その子が女子でも許しがたいが、もし男子であれば私は耐えられないかもしれない。

だから、ルカが私以外に目を向けることをまだ許せないうちは妊娠はさせられない。

ルカにも同意は取るつもりだが、私の心が変わるまでは、初夜ごもりが終わった後の交わりの際には必ず避妊薬を飲ませよう。

しかし、私がそんな思いでいると知れば、あれだけ以前のルカの生まれ変わりである子を楽しみに待っているルカのことだ。きっと悲しむに違いない。

だから、私のそんな考えは絶対に知られてはいけない。

そう思っていたのに、何日めかの交わりの後、ベッドに横たわりながらルカと話している時につい零してしまった。

「ねぇ、ウィル。赤ちゃん、いつ頃、僕のお腹にきてくれるのかなぁ?」

「ルカはそんなに早く欲しいのか?」

「うん。だって、またルカに会えるんだよ。今度は僕とウィルで幸せにしてあげようね。ルカ、きっとずっと寂しかったんだと思うよ。お父さまやみんなの前から自分の魂がいなくなるとわかっているって、かなり辛いことだもん」

「ルカ……」

「僕、ウィルに会えて幸せになれたから、ルカも幸せにしてあげたいんだ」

屈託のない笑顔でそう言われて、私は自分のことしか考えていなかったと恥ずかしくなった。

「ルカに呆れられるな……。いや、嫌われるかもしれない。私はなんて愚かなんだ」

「ウィル……？　いきなり、どうしたの？」

「私はルカが私を思ってくれる気持ちが赤子に向かってしまうのが怖いんだ。せっかく私のルカになったというのに、私だけのルカでなくなることが耐えられないんだ」

「ウィル……」

「ルカをずっと私だけのものにしていたい。私の子であろうが、以前のルカの生まれ変わりだろうが、誰にもルカを奪われたくないんだ。こんな気持ちのまま、もしルカの腹に子が宿ったとしても、幸せにしてやれるのか私にはわからない。ルカ、こんな私をどうか嫌わないでくれ」

自分がこんなにも重い人間だとは思わなかった。

ルカへの想いと自分の子どもを天秤にかけるなど、そんなことを考える人間だとは本当に思っていなかったんだ。ルカがこれほど子を欲しがっているのなら願いを叶えてやりたいと思う。

だがルカへの想いが強すぎて、ルカが私以外の者に目を向けることが許せない。

どうしたらいいのだろう……。

「ウィル。僕は赤ちゃんが生まれてもウィルが一番なのは変わらないよ。僕が持ってる愛情を赤ちゃんとウィルで半分こにするんじゃなくて、ウィルへの愛情でウィルが幸せに感じた分が赤ちゃんに行くんじゃないかな」

「私が幸せに感じた分だけ……？」

「そう。僕はウィルと赤ちゃんとみんなで幸せになりたいんだよ。それにね、ウィルが大好きだから僕はウィルの子どもが欲しいんだよ。ウィルも僕が大好きでしょう？」

「ああ、もちろんだ。こんなにも愛する人に出会ったことはない」

「嬉しい。だったら、きっとウィルも赤ちゃんを喜んでくれるはずだよ。僕はウィルと赤ちゃんが幸せになれるように頑張るよ」

「ルカ……。ああ、そうだな。私も頑張るよ」

「ウィル……」

「だが、もうしばらくだけルカと二人っきりでいさせてくれ。ルカとの新婚生活を少しでいいから味わいたいんだ」

「うん。僕もウィルとしばらく二人の時間を過ごしたい」

私が真剣に頼むと、ルカはふわりとした優しい笑顔を纏って了承してくれた。

ルカ……私は本当に幸せだ。

ルカのような心が広くて優しい夫《つま》を持てたことは、私の人生で最大の幸運だ。

私は陛下と父上の話を了承したあの時の自分を、心の底からよくやったと褒めてやりたい。

この幸運をお前にもあげるよ、ルカ……

いつか私たちの元に生まれてきて、みんなで幸せになろうな。

第六章　ルカの妊娠と幸せな日々

「ルカ、そろそろ帰ろうか」

ウィルとの幸せな時間を過ごしたこの部屋ともお別れだ。

寂しいけれど、お父さまとセスたちに会えるのは楽しみでもある。

だってこの一週間、たっぷりウィルの愛を受け止めたんだもん。

僕も少しはウィルの夫《つま》としてふさわしく見られるようになっているといいな。

国王さまにご挨拶をして、ウィルと一緒にお城を出るとフローレス公爵家の紋章が入った大きな馬車が僕たちを待っていた。これで僕たちの家まで帰るんだ。

ウィルにエスコートされながら馬車に乗り込み、お城を出て窓の外を眺めていると、あの店が目に入った。

「あっ！　ウィル！　お家に帰る前に少しあのお店に行きたいな」

「んっ？　ああ、前にルカと一緒にお茶をした店か。だが、今日は……」

「ウィル……だめ？」

また行こうって約束していたし、せっかくのウィルとの時間だもん。ただ帰るだけじゃもったいないない。気持ちをこめてお願いすると、ウィルは少し苦しげな表情をした。

「くっ――‼　わ、わかった。それでは少しだけお茶をして帰るとしよう。父上もそれならお許しになるだろう」

「わぁーっ！　ウィル、大好き‼」

頼んでみてよかった。本当にウィルは優しいな。


近くの広場で馬車を降り、ウィルと手を繋いでお店に向かって歩いていく。

「あ、フローレス公爵家のルカさまだ！」

「わぁ、団長さまも一緒だよ！」

あちらこちらからそんな声が聞こえ、思わず身体がビクッとしてしまう。

「大丈夫だよ、ルカ。みんな好意的に私たちを見ているよ」

ウィルの声に恐る恐る声が聞こえたほうに視線を向けると、笑顔で僕たちに手を振っているのが見える。

本当だ。以前、あのお店の中で感じたような嫌な視線を全く感じない。

それが嬉しくて僕もみんなに向かって手を振った。

「きゃーっ！　手を振ってくださったわ！」

喜びの声が聞こえて嬉しくなる。

「どうしてこんなに変わったの？」

「あの宴《パーティー》での事件とその真相が伝わったのだろう。言っただろう？　ルカの名誉は回復されたと。だからもう心配はいらないよ」

「そっか、そうなんだ……」

もう本当にルカが嫌われることはないんだね。ルカ、よかった……

「さぁ、店に入ろう」

扉を開けると、チリンチリンとあの時と同じ懐かしい風鈴のような音が聞こえる。

「――っ!!　ルカさま!!　それに騎士団長さまも!!　ご結婚おめでとうございます」

飛び出してきたあの時の店員さんが僕たちを見て、笑顔で出迎えてくれる。

それが嬉しくて僕も笑顔で返した。

「ありがとうございます。今日もあの美味しい桃のタルト、食べさせてもらえますか？」

「――っ!!　はい！　すぐにお持ちいたします!!」

店員さんは元気いっぱいに叫んですぐに奥へと入っていった。

その勢いになんだか圧倒されてしまう。

「店員さん、元気だね」

「ははっ。そうだな。前と同じ席に座ろうか」

ウィルにエスコートされながら、席に着くとすぐに店員さんがケーキを持ってきてくれた。

「お待たせいたしました。桃のタルトでございます」

「わぁ！　美味しそう！」

「そしてこちらはお店からのサービスでございます」

「えっ？　さー、びす？」

テーブルに置かれたお皿には美味しそうな苺が載ったケーキがある。

「これ……」

「お二人のご結婚祝いに特別にご用意いたしました」

僕たちのために？　特別に？　うそっ、嬉しい!!

「──っ!!　ありがとうございます！　ウィル！　結婚祝いだって!!」

「ああ、嬉しいことだな。ありがとう」

店員さんは顔を真っ赤にしながら、紅茶が入ったカップをテーブルに置き、どうぞごゆっくりと声をかけて離れていった。

「ウィル！　美味しそうなケーキがふたつだよ」

「ああ、ルカが好きなだけ食べたらいい。余ったら私が食べるよ」

「ううん、一緒に食べよう」

目の前にある美味しそうな苺のケーキにフォークを入れた。

「ウィル、あーん」

すると、ウィルはもうひとつのフォークを手に取って、同じように苺のケーキにフォークを入れた。

「一緒に食べるのだろう？　ほら、ルカもあーん」

笑顔で差し出されて、僕はウィルに食べさせながら口を開けた。同じタイミングで甘くてふわふわのケーキが口の中に入った。

「ん！　美味しい！」

「ああ、最高に美味しいな。あ、ルカ。唇に生クリームがついているぞ」

「えっ、どこ？」

「ここだよ」

「――っ、んっ!!」

自分で拭く前にウィルの柔らかな唇が重なって舌で舐めとられる。

その瞬間賑やかだった店内が一気に静まり返った。

僕は何がなんだかわからなかったけれど、嬉しそうなウィルを見ているとよかったなという気持ちになった。

その後、周りは大騒ぎになっていたけど、僕たちはかまわずに美味しくケーキを食べ終わり、紅茶を味わった。

「ウィル、また来たいな」

「ああ。そうだな。また来よう。ルカと食べる、ここのケーキは最高に美味しい。特に、ルカの唇についた生クリームがな」

僕の耳元で甘く囁くウィル。

僕はほっぺにキスをして返した。

ウィリアムサイド

「うぃるぅ……おしごと、いっちゃうの？」

「うう――っ、ああ、行きたくないっ！」

「うぃるぅ……もうすこしだけ、いっしょに、いよぉ……」

「くぅ――っ！」

ルカは元々寝起きの良いほうではなかったが、私と愛し合うようになってからは特に甘えてくるようになった。

初夜ごもりを終え、公爵家に戻ってからも私は毎日二度、三度と蜜をルカの体内に放ち、抱き合いながら眠りにつく。体力のないルカは朝は必ずベッドから起き上がれない。

そんなルカを残して私は騎士団へと向かうが、上着の裾を握りしめ、仕事に行かないでと縋ってくるルカを必死になだめ、後ろ髪を引かれる思いで寝室を後にするのが本当に辛い。

いい加減騎士団長の座を降り、次期公爵としての仕事に集中したい。

そうすれば同じ屋敷内にいられるから、ルカも今よりは安心するだろうと思う。しかし陛下からも、そしてアシュリーからも、もうしばらくは騎士団長として仕事を続けてほしいと言われている。

本来ならばルカが次期公爵となるべきだが、ルカにはこれから妊娠と出産が待っているため、一応私が次期公爵ということになってはいる。それでも仕事はルカと一緒にやるつもりだ。

とはいえ、もう少し愛し合うことを自重しなければ、いつまで経ってもルカはベッドから出てこられないだろう。

だが、ルカが可愛すぎて抑えられないのだ。

ルカが朝起きられるように必死で一度で終わらせようとした日もあった。

私も頑張ろうとしたのだ。

しかし、

——うぃるぅ……もっ、とぉ……ほしぃ……おくぅ……つい、てぇ……

舌足らずな声でほんのり頬を染め、そんなことを言われては止められるわけがない。プツリと切れた理性のまま、気づけばルカが意識を失って眠るまで愛し合ってしまう。

それが毎晩だから、もうどうしようもない。私は自分がこれほどまでに理性を失うとは想像だにしていなかった。

ルカと出会う前は、こんなに頻繁に昂ることなどなかったのだ。私の身体は一体どうしてしまったのか。今はルカに触れるだけで欲望のスイッチが入ってしまう。

「ウィリアム、頭を抱えてどうしたんだ？」

「アシュリー。ルカがな……」

「なんだ。ルカと喧嘩でもしたのか？」

「喧嘩などするわけないだろう！　ルカが可愛すぎて困ってるんだ！」

「はぁーっ、またか。お前、前にもそう言ってただろう。学習してないのか？」

「あの時とは状況が違いすぎるんだよ‼」

私はアシュリーにどれほど大変な状況になっているかを伝えた。それこそ詳しく正確に。

「――というわけで、ルカが可愛すぎて収まりがつかないんだ。今でもルカのあの姿を思い出すだけで、ほら、すぐに滾ってくる」

「ちょっ――、お前、そんなものを見せるな」

ズボンを押し上げようとする膨らみを見せようとしたが、眉を顰《ひそ》めてそっぽを向いてしまった。証拠を見せようと思っただけだが、私もアシュリーが興奮しているのは見たくない。彼の気持ちはよくわかる。

「しかし、お前。初夜ごもりからもう二週間は経っているだろう？　よくそんなに持つな。体力があり余っているのか？　しかも、騎士たちに相当激しい訓練をさせつつ、お前も一緒にやっているんだろう？　本当にどうしたんだ？」

「自分でもよくわからんが、おそらくルカの蜜だろう。ルカの蜜を飲むと身体の奥から力が湧いてくるんだ」

「それならルカも一緒じゃないのか？」

「いや、ルカは元々体力がないから、回復する暇がないのかもしれない」

「なら、お前が自重するしかないな」

「だから、それができないから困ってるんだ」

アシュリーは呆れたように大きなため息を吐《つ》くが、ルカが可愛すぎるから仕方ない。

「触れたらスイッチが入るんだろう？　じゃあ、今日一日触れずにいたらどうだ？」

「一日触れずに？　そんなこと、無理に決まってるだろう。帰れば口づけするし、抱きかかえて食事を摂らせるし、一緒に風呂に入って身体を洗うだろう？　そのまま風呂場でヤッて寝室になだれ込むから、絶対に無理だ」

「はぁーっ、そこまで赤裸々に聞きたくはないぞ」

「言っておくが、お前も同じだぞ。伴侶に出会えば私と同じになるに決まっている」

「伴侶……」

「あっ！　言っておくが、私たちの子をお前の伴侶にすることを認めたわけじゃないからな!!」

慌てて訂正はしたものの、私もわかっている。おそらく陛下や父上が望むように、私たちの子がアシュリーの伴侶になるのではないかと。それでも、反対したいのが父親というものだ。

私たちの子がアシュリーに好きにされるなんて考えたくもないが、今、ルカを好き放題している身としては反対もできない。

「なぁ、少し考えてみたんだが、ルカが孕めばお前の異常な性欲も収まるんじゃないか？」

「何？　どういうことだ？」

「おそらく今は、ルカの身体がお前の蜜を欲しがってるんだろう。ルカの身体に子を宿す場所ができたならなおのこと。早くそこに子を宿したいと身体が訴えてるんだ。だから、ルカも自分の体力が尽きるまでお前を欲しがるんじゃないか？」

そう言われれば一理ある。

ただでさえ、薬で子を宿す場所を作ったのだ。

そこに早く子を宿したいと思うのは普通かもしれない。

「それはあるかもしれないな。だが、私はもうしばらくルカと二人っきりの時間を味わいたいと思っているが……」

「だが、ずっと寝室に篭りっきりなら何もできないだろう？　子を宿してからでも身体が安定すれば二人で出かけることができるぞ。生まれればセス殿や公爵殿も世話はしてくれるだろうから、二人で過ごせるだろう？」

「うーん。アシュリー、早く私たちの子が欲しくて言っているわけじゃないだろうな？」

「いや、本気でそう思っているんだ。お前だってルカだって、寝室以外の時間も一緒に楽しみたいだろう？」

確かにそうだ。フローレス邸に戻ってきてから、ルカをほとんど寝室でしか見たことがない。だがこれまで幾度となく蜜を放ち続けてきたが、ルカがまだ孕まないところを見ると、もしかして、妊娠しにくいのか？

「今まで妊娠しないのは、私の子種との相性が悪いのではないか？」

「いや、お前が子を作ろうと思っていないからじゃないか？　お前が本気で欲しいと思えば、すぐに宿しそうな気はする」

本気で欲しいと思えば、か。そうだな。

「わかった。ならば、今日は子を作ろうと思ってやってみよう。というわけで今日は私は帰る。アシュリー、後は頼むぞ」

アシュリーの文句を背に私は急いで屋敷に戻り、ルカが待つ寝室へと向かった。


「あれ？　ウィル……おかえり。今日ははや――」

「ルカ、ただいま。今日はルカにお願いがあって急いで帰ってきたんだ」

「お願い？」

「ああ。……ルカとの子どもが欲しいんだ。だから、互いに子どもが欲しいと思いながら、私と愛し合おう」

「ウィル……」

ルカはほんの少し涙ぐみながら微笑み、頷いた。

そのまま私たちは翌日の明け方まで寝食を忘れて愛し合った。

それこそお互いに貪るように……

何度蜜を放ったかもわからないほど愛し合い、数時間眠って起きた時には、途轍もない爽快感に驚いた。ルカもあれほどした後だというのに、二人とも実に爽やかな目覚めだった。

アシュリーの言っていたことは正しかったのだ。

その日から私も、そしてルカの異常な性欲も人並みに落ち着いた。抱きしめ合って寝るだけ、もできるようになった。

幸せに満ち足りた気持ちで私たちは穏やかな時を過ごし、ルカのお腹に新しい命が芽生えたとわかったのはそれからすぐのことだった。


「ルカ、眠いならベッドに行こうか？」

「うん、でもウィルの膝がいい……」

「そうか。なら、毛布をもらおうか」

騎士団の仕事の合間を縫って公爵家の当主となるための勉強をしているが、ルカは最近やけに眠そうだった。

ついついルカが可愛くて、最後まではしないまでも夜遅くまでイチャイチャと戯れてしまうからかもしれない。いい加減、ルカに睡眠を取らせないといけないな。

寝室に連れていこうと思ったが、昼寝とはいえ、あの広いベッドで一人で寝るのはどうにも寂しいらしい。そんなふうに甘えてくれるのも嬉しい。

セスに持ってきてもらった毛布をかけ、私の膝を枕にしてすやすやと眠るルカの頭を優しく撫でながら本を読んでいると、ふとルカの額《ひたい》がいつもより熱い気がした。

もしかして風邪でも引いているのかもしれない。

身体を折り曲げて寝ているルカを抱きしめると、やはりいつもより熱い。

私はもう一度セスを呼び、医師の手配の指示を出すと、すぐに父上と共に公爵家専属医師のジョージが部屋へやってきた。

ジョージ医師は私の膝を枕に眠るルカの前に屈み、腕を取り脈を診始めた。

「おおっ！　これは……」

「どうした？　何があったのだ？」

一気に頬を紅潮させ、驚きの表情を浮かべたジョージ医師に、父上が不安げに声をかけた。

「ウィリアムさま。ここでお伝えしてもよろしいでしょうか？　それとも、先にウィリアムさまにだけお伝えいたしますか？」

ジョージ医師は父上に答えるよりも先に私にお伺いを立ててくる。

なんだ？　そんなにも大変な病気なのか？

ルカの身に何かが起こっているならば父上にも聞いていただくべきだが、ジョージ医師が私にわざわざお伺いを立ててくるのは何か理由があるのかもしれない。

「父上、先に話を聞かせていただきます」

しばし悩んだものの一声かけて、ジョージ医師の話を聞くことにした。

ジョージ医師は失礼いたしますと声をかけ、私の耳元でそっと囁いた。

「な――っ!!　そ、それはまことか？」

「はい。間違いないと存じます。詳しい検査はルカさまが落ち着かれてからにいたしましょう」

「おおっ！　ルカッ!!」

私はあまりの喜びに身体を折り曲げ、ルカを抱きしめた。

「ああっ、ウィルアムさま。まだ大切な時期でございますので、お優しくお願いいたします」

ジョージ医師にそう注意されて慌てて身体の力を抜き、ルカの髪にそっと口づけた。

「ウィリアム、ルカは一体どうしたというのだ？」

セスはどうやら私とジョージ医師の会話でほぼ察しがついたようだが、父上はまだ気づいていないようだ。私は逸る気持ちを抑えながら必死に冷静を装って、父上に告げた。

「父上、ルカに子ができたようです」

「――っ!!　ル、ルカに子が……？　本当に？」

「はい。父上もお祖父さまになるのですね。おめでとうございます」

「ああ、そうか。またルカに会えるのだな」

父上が最後に呟いた声に私もセスも涙が潤んだ。

父上はずっと悔いていたのだろう。ルカの苦悩に何も気づかずに一人で逝かせてしまったことを。

しかしルカの腹に宿ったこの子は、たくさんの愛を受けて幸せになる。


「秘薬で宿ったお子は母体に大変な負担がかかります。ルカさまの旦那さまであるウィリアムさまはもちろん、皆さまでルカさまがご無理なさらないようにお世話して差し上げてくださいませ。食事は大切ですが、ルカさまがお望みになるものを好きなだけ召し上がるように。今のルカさまには、栄養よりも何よりも食事ができることのほうが大事です」

ジョージ医師は私の目を見て言った。

「そしてしっかりした睡眠をお取りになるように。できるだけルカさまのご要望はお聞きくださいますように。ストレスは身体にかなりの負担をかけますので、我慢はさせないように。どうぞそれらをお守りくださいませ。そして、ほんの少しでも気になることがございましたら、すぐに私をお呼びください」

いくつかの注意事項を告げ、ジョージ医師は帰っていった。

「ウィリアム、ルカをベッドに寝かせたほうがいいでのはないか？」

「いえ、父上。ジョージ医師も仰っていたでしょう。ルカが私の膝で寝ることを望んでいるのです。それに今は気持ちよく眠っていますし、動かさないほうがいいかと存じます」

「うむ、そうだな。ウィリアム、ルカの体調が整うまでは騎士団の仕事は休めるように兄上に話をしておこう。今はルカの傍にいることが其方の仕事だ」

「はい。ありがとうございます」

「ルカさまがお目覚めになりましたら、お食事の支度をいたしますのでご希望がございましたらお知らせください」

「ありがとう。ルカが食べたいものを作ってもらうとしよう。料理長に、其方の食事がルカとルカの子を成長させると伝えておいてくれ」

「承知いたしました」

父上とセスが部屋を出ていって、部屋には私とルカだけになった。

私は眠っているルカの腹にそっと手を置いた。

ここに私たちの子がいるのか。

なんとも言えない幸福感が押し寄せ、目が潤んでくる。

当分、子はいらないなどと言っていたが、いざ自分の子ができたと聞くと、こんなにも嬉しいことだった。

ルカの腹の中で元気に大きくなるんだぞ。

そして、元気な姿を私たちに見せてくれ。

しばらくの間、私はベッドの横に腰かけ、ルカと、ルカのお腹で育つ子と家族水いらずの時間を過ごしながら、愛しい伴侶の可愛らしい寝顔を堪能した。

「うーん」

「ルカ、起きたのか？」

「なんか夢見てた……」

「どんな夢を見たのだ？　私にも教えてくれ」

「ウィルとお花畑歩いてたらね、綺麗な蝶々が飛んできて僕のお腹に止まったの。本当にすごく綺麗な蝶々だったんだよ。ウィルにも見せたかったなぁ」

「そうか、蝶々が。大丈夫、私もその綺麗な蝶々を見られるよ」

「本当？」

「ああ。今、ルカの腹にいるんだ」

ルカは驚いて自分の腹にそっと触れた。

「えっ？　どういう意味？」

「ルカの腹に我々の子ができたのだよ」

「――っ！　ほ、ほんと？」

「ああ。これから家族三人で幸せになろうな」

「ウィル……。僕、嬉しすぎてどうにかなっちゃいそう」

「ああ、私もだよ。ルカ……愛してるよ」

「僕も、ウィルを愛してる」

柔らかなルカの唇は、甘い甘い味がした。

＊＊＊

「ルカ、ほら動いてはいけないよ」

「でも、ずっとベッドにいるのも疲れちゃって……。少し外の空気を吸いたいんだけど、だめ？」

「――っ、仕方ないな。じゃあ、ルカは無理しないように私が抱きかかえていこう」

僕の妊娠がわかってから、ウィルはほんの少しでも僕が立ったり動いたりするのが心配みたいで、何もかもお世話されている。

食事もベッドの上で口を開けるだけだし、トイレもウィルが抱き上げて連れていく。お風呂に入るのはもちろん、歯を磨いたりするのも全部ウィルにやってもらっている。

確かに僕のお腹には大切な命が宿っているわけだし、心配なのもよくわかるんだけど、こんなに動かずにいて大丈夫なのかなと少し不安になる。

でも不思議なことに、ちょっと気になっていたお腹のお肉は、こんなに動いていないのに少しずつなくなってきているんだよね。

前にのんびりしすぎて太ってきたから運動したほうがいいかなってセスに相談した時、

――婚礼の儀が終わりましたら、すぐにお痩せになりますよ。今は未来に向けて栄養を蓄える時期ですから……

そう言われたのを思い出した。

あの時はセスが何を言っているのかわからなかったけど、もしかしたら赤ちゃんに栄養を取られるからってことだったのかな？

そうなると、もっといっぱい食べたほうがいいのかな？

どうなんだろう？


「わぁ、風が気持ちいい」

「そうだな、今日は天気もいいから少しここでゆっくりしようか」

ウィルがそう言うと、どこからやってきたのかわからないけどすごい勢いでセスが現れて、木の陰に柔らかな敷物を敷いた。ウィルはそこに腰を下ろし、膝に乗せた僕にセスから手渡された暖かいブランケットをかけた。

本当に至れり尽くせりだ。

「どうだ？　寒くないか？」

「うん、平気」

「ルカ、体調に少しでも気になることがあるなら、ちゃんと私に言うんだぞ」

真剣な表情で言われて、僕はさっき気になっていたことを話してみた。

「あのね、ウィル……。僕、ウィルにずっとお世話されてるでしょ？」

「ルカ、私が世話をするのは嫌か？」

「ううん、そうじゃなくて……。あのね、僕全然動いていないのに、少し痩せた気がするんだ」

「ああ。それは私も思っていた」

「えっ？　気づいてたの？」

思いがけないウィルの言葉に僕はびっくりしてしまった。

痩せたと言っても見た目にはそこまで変わっていないのに、なんでわかったんだろう？

「わからないわけないだろう？　毎日ルカの身体に触れているのだからな。私も少し気になって、少量でも栄養の摂れるものを食事に出すように頼んだんだ。それでもまだ痩せたのであれば、改善していないようだな」

「うん、もっと食べたほうがいいのかな？」

「いや、無闇やたらに食べるだけでは逆に体調を崩してしまうからな。一度ジョージ医師の診断を受けたほうがいいだろう。ほんの少しでも気になることがあれば、いつでも呼んでくれと言っていたしな。すぐに呼ぶか？」

「うん。でも、もう少しウィルとここにいたい」

「――っ、ああ。そうだな、私ももう少しここでルカとお腹の子と心地よい風に吹かれていたい」

「家族水いらずだね」

ウィルは僕を抱きしめながら、ブランケットの中に手を入れ、僕のお腹を優しく撫でた。ウィルの手の温もりが赤ちゃんに届いたのか、僕は知らない間に眠ってしまっていた。


目を覚ますといつものベッドに横たわっていた。もちろん隣にはウィルの姿がある。起きた時にいないのは寂しいからと前に言ったことを覚えているようで、いつも僕を優しく抱きしめてくれるんだ。

ウィルからスウスウと寝息が聞こえる。

ウィルの寝顔、久しぶりに見たかも。いつも僕よりも先に起きてたからな。

そっとウィルの頬に触れると、「うーん」と可愛らしい声が聞こえる。

愛しい気持ちが込み上げてくるのを抑えられなくて、ウィルの唇にそっとキスをすると、ウィルの瞳がゆっくりと開いた。

ああ、まるで眠り姫みたい。

でもウィルが姫……。似合わないな。

やっぱりウィルは僕だけの王子さまだ。

「ルカ、起きてたのか？」

「うん、ウィルの寝顔を見てた。可愛かったよ」

「可愛いなんて、ルカ以外に言われたことないな」

「いいの。僕だけが知ってれば」

「ああ、そうだな。ルカだけが知っていればいい」

ウィルが優しく僕の唇にキスをする。

柔らかな唇が当たるだけで安心する。

嬉しくてお腹に負担をかけないように気遣いながらウィルに抱きつくと、ウィルのお腹の下に硬いものを感じた。

「あれ？　これって……」

確か前にも同じ感触があったな。

「ルカ、気にしないでいい。これは寝起きだからそうなっているだけだ」

ウィルが説明してくれるけど、そういえば最近ウィルからしようと言ってこない。きっと赤ちゃんのことを心配しているんだろう。

でもこんなに硬くなってたら辛いはずだ。

そっとウィルのソレに触れると、ガチガチに反り返っているのがわかる。

「――っ！　ルカ、気にしないでいいと言っただろう？」

「でも、ウィルのこんなに硬くなって辛そう」

「それはそうだが……」

「挿入《いれ》るのはウィルのおっきぃし心配だから、口でしてもいい？」

「そ、それは、赤子のためにやめたほうがいいんじゃないか？」

「でも、赤ちゃんはウィルの蜜でできたんだから、きっとウィルの蜜は好きだと思うよ。それにすごくいい匂いがする。ウィル、僕に見せて。だめ？」

「――っ！　ルカに言われてはダメだとはいえないな……」

ウィルが僕の前で膝立ちになり、ズボンの前を寛げて下着を下ろすと、勢いよく大きなモノが飛び出てきた。

僕はその匂いに誘われるようにウィルの先っぽを舌でペロリと舐めとった。

久しぶりの蜜に身体がピクリと震える。やっぱり僕の身体には、ウィルの蜜が必要なんじゃないかな。

そう思うとどんどん舐めたくなって、猫のようにぺろぺろと舐め回していると、

「うぅ――っ、ルカ！　もう、出そう、だ……」

ウィルの切羽詰まった声に慌てて口を開けて咥えると、僕の口の中に大量の蜜が入ってきた。

僕はそれを一滴残らず飲み干し、先っぽに残った蜜まで綺麗に舐めとった。

「ルカ……なんで」

「えっ？　おいしかったよ。ほら」

「――っ‼　ああっ、もう！　私が必死に我慢しているのに、そんなのを見せられたら我慢できなくなるだろう」

何もなくなった口の中を見せると、ウィルは苦しげな表情をしながら僕を抱きしめた。

我慢しなくていいのにと思ったけれど、やっぱり赤ちゃんがいるから心配はある。

「ウィル……ジョージ先生を呼んでもらえる？」

「ああ、わかった」

ウィルも思うところがあったのか、セスに頼んでくれた。

リビングのソファーに横になって待っていると、しばらくしてジョージ先生が来た。寝室ではなくリビングだったのはウィルがどうしてもここがいいと言ったからだ。

ソファーに腰掛けたウィルの膝に座り、ジョージ先生に診察してもらう。

「ルカさま、顔色はよろしいですね。何か気になることがございますか？」

「あの、食事はちゃんと摂っているんですけど、少し痩せたみたいなのが気になって……」

「お痩せに？　それは心配ですね。ちょっと見てみましょう」

ジョージ先生は優しく僕の腕を取って脈を診始めた。

こんなのでわかるのかなと不思議に思ったけれど、ジョージ先生の表情がどんどん変わっていく。

やっぱり何かあるのかもしれない。ちょっと怖い。

「一度病院で詳しく検査をさせていただきたいのですが、お腹のお子はおそらく双子かと存じます」

「「えっ？」」

思いもかけない言葉に僕もウィルもびっくりして言葉が出ない。

「ジョージ医師、双子とは本当なのか？」

「はい。おそらく間違いないかと思います。ですから、お一人分の栄養で足りず、ルカさまの元々の栄養をもらって大きくなっているようですね。お痩せになったのはそのせいでしょう」

ルカの生まれ変わりが生まれると聞いていたから、てっきり一人だと思っていたのに。

まさか双子だなんてびっくりだ。

「元々秘薬での出産は多胎出産になりやすいようです。おそらく蜜をたくさん注ぐからだと思いますが、なにぶん秘薬での出産自体、そう数があることではないので確実ではありません。ですが、ルカさまが双子を御懐妊されたのは間違いないでしょう」

「ルカ、驚いたが嬉しい事実だ。そうだろう？」

「うん。一気に二人だもんね。お父さまも国王さまもびっくりするだろうな」

「そうだな。これからはさらに身体に気をつけていかねばな」

そうだ。双子となれば今以上に気をつけないとね。

でもウィルをずっと我慢させるのは嫌だな。それに僕だってウィルに愛されたい……

「あの、ジョージ先生。質問してもいいですか？」

「はい。なんなりとお尋ねください」

「お腹に赤ちゃんがいるから、その……ウィルと、愛し合うのはダメですか？」

「えっ？」

「――っ！　ルカ！　私のことなど気にしなくとも……」

「ううん、僕がウィルと愛し合いたいんだもん。ちゃんと聞いとかなくちゃ！」

ジョージ先生は驚いた表情で僕を見ていたけれど、すぐににっこりと笑顔を浮かべた。

「お二人の愛情はお腹のお子にとっても大事な栄養になりますので、あまり激しくされなければ大丈夫ですよ。蜜も与えてあげてください」

「ジョージ医師、そうなのか？」

「はい。我慢なさってストレスになるのはお腹のお子のためにもよくありませんから。ですが、ルカさまを激しく揺り動かしたり、奥まで突くのはダメです。あくまで優しく、が基本です」

「わかった。気をつけよう」

「ウィル、よかったね」

「ルカさま、近いうちに診察にお越しください。体調のよろしい時でかまいませんよ」

「私が責任を持ってルカを連れていこう」

ジョージ先生が帰った後、僕たちは久しぶりに愛し合った。

挿入ももちろんしたけれど、ウィルはとても優しかった。

でも赤ちゃんたちも喜んでいたのか、すごく気持ちがよかった。

やっぱりウィルと愛し合うのは嬉しいな。

ウィリアムサイド

「あっ、ウィル!! 触って、触って!」

穏やかな日差しが降り注ぐある日、ルカと中庭でゆったりお茶をしていると、ルカが私の手を取り、自分のお腹を触らせた。

妊娠がわかってから早数か月、すっかりお腹も大きくなって、ルカの柔らかかった腹部の皮膚も硬くなってきたが、中にいるのが私とルカの子どもだというだけで嬉しくなってくる。

お腹の子たちを怖がらせないようにそっと手を置いた。

「おおっ！ 動いてるっ！」

手のひらにポコポコと内側から押してくるような感覚がある。

「赤ちゃんたちも日向ぼっこ楽しんでいるのかもね」

「いつもこんなによく動くのか？」

ルカの小さな身体には負担も大きいだろうと心配になる。

「だって、ウィルの子どもだよ。元気いっぱいに決まってるよ」

笑顔を見せるルカはすでに母親の表情になっていてホッとする。

「そうだな。だが、もう少し落ち着いているほうがルカも楽じゃないか？」

「そうだけど、でもいいよ。赤ちゃんは元気に育たないとね」

「ルカは偉いな。おーい、お前たち。あまりルカを大変にしないようにな」

お腹の子に向かって声をかけると、私の手のひらをポコポコと押し上げてから少し静かになった。

「ウィルの声が聞こえてるみたい。お利口さんな子たちだね」

「ああ、そうだな。ルカ、今のうちに休むといい。ここのところ、熟睡できていないだろう？」

「うん。気づいてた？　お腹の子は夜もよく動くからね。蹴られて目が覚めちゃうんだ」

「私がお腹をさすっているから、しばらく昼寝でもしていろ。セス――」

ルカに毛布を……と声をかけようとした時には、さっとセスから暖かな毛布が手渡された。

さすがセス。本当に気が利く執事だ。

膝の上にルカを抱きかかえ、毛布をかけてお腹を優しくさすってやると、ルカはすぐに眠りについた。

こんなにも小さな身体で私の子を二人も育てているのだ。

身体全体に負担がかかっているだろうな。

ジョージ医師は、双子の場合は腹を切るしかないと言っていた。

もちろん麻酔もあるし、命に関わることはないだろうが、腹を切る以上、身体の回復には時間がかかる。

ルカには双子の発育のために授乳はしてもらうつもりだが、そのほかの育児はもうすでにセスや父上、そして、アシュリーで分担することが決まっている。

もちろん私も育児に参加はするが、最初の三か月はルカの介護に集中するということで話がまとまっている。

私にとってもちろん子どもは大事な存在だが、ルカが何よりも大切だから仕方がない。

双子にとってもルカの回復は何よりも幸せなことだろう。

ああ、ルカ……。無事に子を産んでくれ。

来年の今頃は、きっと家族四人で同じ風景を見ているのだろうな。


爽やかな風が通り過ぎる。

本当に穏やかな日常だ。こんな幸せが訪れるとは一年前の私は想像もしていなかったな。

「お父さまっ！　こっち、こっち」

「ああ、ずるいっ！　お父さま、ぼくのところにも来て！」

可愛らしい天使が二人、私の両手を引っ張り合っている。

なんだ？　この夢のような時間は。

「あの……君たちは、誰だ？」

「えっ？　お父さま、どうしたの？」

「ぼくたちのこと忘れちゃったの？」

今にも泣き出しそうな天使たちの表情に胸が痛む。

「い、いや。違うんだ。あの……」

「ほら、お父さまは忙しくて疲れていらっしゃるの。あっちに綺麗なお花があるから、二人で摘んできてくれる？　お部屋を花いっぱいにしてほしいな」

焦って答えていると、後ろから聞き慣れた可愛らしい声が聞こえた。

「はぁーい、お母さま。ぼくが綺麗なお花、摘んできてあげる！」

「ぼくだってお母さまが喜ぶお花、摘んでくるもん！」

「二人ともよろしくね。セス、お願い」

「お任せくださいませ」

二人の天使と一緒に駆けていく後ろ姿は確かにセスだ。

私が知っている姿とは若干老けて見えるがセスに違いない。

これはどういうことだ？

よくわからない状況に後ろを見ると、女神のように美しいルカの姿がそこにあった。

「――っ！　ルカッ!!　ああ、なんて美しいんだ」

「ウィル、どうしたの？　本当に疲れているみたい」

「いや、なんだかよくわからなくて……」

「そこに座ってお昼寝でもしたら？　僕が膝枕してあげる」

穏やかな笑顔を向けるルカに手を取られ、私は見慣れた木陰に腰を下ろした。

「ほら、どうぞ」

柔らかな敷物の上にちょこんと座ったルカの膝にゆっくりと身体を倒し、微笑むルカを見上げる。

私が知っているルカよりは少し大人になったようだ。

お腹も小さいし、もしかしたら、ここは未来の世界？

ということはさっき私をお父さまと呼んでいた二人は、あの時、腹に入っていた私とルカの子どもか。ならば天使に見間違えても不思議はない。

実に可愛らしい子たちだったな。

それにしても、いつの間にこんなに時が経ってしまったのか……

私はあの子たちの成長を何も知らないのに。

あんなにも大きくなっているなんて……

「ウィル？　どうしたの？　なんだか悲しそう」

「いや、あの子たち、ずいぶんと大きくなったなと思ってな」

「そうだね。毎日ウィルが遊んでくれているからだよ。だからいっぱい身体を動かして、あんなに元気に大きくなってきている」

「そうなのか？」

「どうしたの？　やっぱり疲れてる？」

ルカの手が私の頬を優しく撫でる。

「いや、大丈夫だ。ここでこうやって過ごしていると、ルカがあの子たちを妊娠していた時を思い出すな」

「ああ、ウィルが抱っこしてお昼寝させてくれてた時のこと？」

「そうだ。その時のことを思い出していたら、急にあの子たちが大きくなって現れたから驚いたんだ。どうやら白昼夢を見ていたようだな」

「そっか。だからウィル、おかしかったんだ」

「天使が現れたと思ったよ。本当にルカによく似て可愛いな」

「そう？　ウィルにもよく似てるよ。アシュリーさんがこの前、リヒトを見てウィルにそっくりで逞しいって。さすが公爵家の跡取りになる子だって褒めてたよ」

「アシュリーが？　あっ、そういえば、あの子たちのどっちがアシュリーの……いや、あのルカの生まれ変わりだった？」

「それも忘れてしまったの？　ルカの生まれ変わりは――」

「――ル？　ウィル？　大丈夫？」

突然の大きな声に驚いて目を覚ますと、ルカが目の前にいた。

「あのルカの生まれ変わりはどっちなんだ？」

「ど、どうしたの？　ウィル、落ち着いて！」

その声にハッと我に返り、目の前にルカに目をやると、その腹はまだ大きく膨らんでいた。

「その、お腹は……」

「本当に寝ぼけてる？　さっき、動いていたの、触ったでしょう？」

「あ、ああ。そうだな」

「ちょっと寒くなってきたから、そろそろ部屋に帰りたいなと思ったの。そしたらウィルが少し魘《うな》されていたから」

なんだ、そうか。

あれは夢だったのか……

だが、あの子たちの姿。どうも夢とは思えないな。

もしかしたら私は数年後の幸せな家族をいち早く見せてもらったのだろうか。

私に甘えていた可愛い二人の息子たち。

一人はルカの生まれ変わり。

そして、もう一人は私に似た公爵家の跡取り。

どちらも天使のように愛らしく、素直ないい子たちだった。

私にそっくりなリヒト、か……

それならもう一人もルカにちなんだ名前にしようか。

ああ、こんな素敵な夢を見られるなんて、早くお腹の子たちに会いたいと願う、優しい神からの私への贈り物だったのかもしれないな。

エピローグ　僕たちの赤ちゃん

「ウィル、明日ジョージ先生のところに行く日だけど、一緒に行ってもらえる？」

「ああ、もちろんだとも。だが、出歩いても大丈夫か？　もうだいぶ腹も大きくなっているのに」

ウィルは大きくなった僕のお腹に手を当てて心配そうな顔をする。

「大丈夫。だって予定日はまだ先だし、少しくらい動くのもいいって、この前言われたでしょう？」

「だが、やはり心配だな」

「大丈夫だよ、だってウィルがついててくれるんだから。そうでしょう？　パパ」

「ああ、もちろんだ。私に任せておけ」

最近のウィルはパパと呼びかけると驚くほど嬉しそうな顔をする。

子どもはもう少し後で欲しいなんて言っていたけど、こんなにお腹が大きくなってくるとだいぶ可愛さも増してきたのかな。

「ルカさま。体調はいかがでございますか？　睡眠は取れていらっしゃいますか？　お食事の方は問題ございませんか？」

「えっと……」

「一度の食事の量はかなり減ったな。だが、こまめに水分と一緒に摂るようにしているので、全体的な量が減ったということはない。睡眠は腹の子が動くたびに目を覚ましているようだから少し心配ではある」

僕が話すよりもかなり詳しい答えに、ジョージ先生は驚きながらも嬉しそうに笑った。

「なるほど。大変わかりやすくお教えいただき、ありがとうございます。ご自分ではおわかりにならないこともございますので、ウィリアムさまのように近くにいらっしゃる方が気をつけてくださるのは助けになります。それではルカさま、お腹の様子を拝見いたしますので、こちらにどうぞ」

いつものようにベッドに寝かされると、すぐ傍にウィルが座った。

「ウィリアムさま。ルカさまのお腹を診せてください」

「……ああ、わかった」

この瞬間だけがいつも嫌そうなんだよね。

ジョージ先生はそんなやきもち焼きなウィルをわかっているから、極力僕には触れないようにしている。本当に優しい先生だ。

ウィルが僕のお腹を見せると、先生は手に持った機械をお腹に当てていく。

するとかなり鮮明な映像が僕たちの前に映し出される。この時がいつも楽しみなんだ。

「ルカさま。ウィリアムさま。こちら、おわかりになりますか？　お腹の中でお子さま方が仲良く遊んでいらっしゃいます」

「おおっ、手を繋いでいるな」

「右側のお子さまのほうが少し体格がよろしいですね。左側のお子さまを守っているように見受けられます」

「ああ、確かにそう言われればそうだな。おお、ルカ。見てみろ。頭を撫でているぞ」

「わぁ、ほんとだ！　可愛いっ!!」

「お子さま方の性別はお聞きになりますか？」

「ルカ、どうする？」

ルカの生まれ変わりの子だから、一人は男の子の気がする。

でも女の子でも可愛いだろうし、どっちだとしても僕の気持ちは変わらない。

「僕は、生まれてからでもいいかな。あっ、でもウィルは聞きたい？」

「いや、私は……もうわかっているからな」

「えっ？　今、なんて言ったの？」

「いや、生まれてきてからの楽しみにしておこう」

にっこりと微笑みながら映像を見るウィルは、なんだかとても幸せそうだった。

「お知らせしておりました予定日まではまだ日数がございますが、この映像で見る限り、ルカさまのお腹にはあまり余剰がございません。これ以上、お子さま方が大きくなりますと、手術も大変難しいものになります」

「なっ――、大丈夫なのか？」

「はい。ですから明後日手術をして、お子さま方を誕生させることにいたしましょう」

「明後日？　予定日よりかなり早いが、ルカに問題はないか？　それに子の発育は大丈夫なのか？」

「はい。お子さま方はもう十分外に出られても安心なほど成長しておられます。ルカさまもこれ以上お腹が大きくなるよりは、早いほうがぐんと回復も楽になります。薬もすでに準備しておりますのでご安心ください」

「そうか、それならいいが。ルカ、明後日には子が誕生する。大丈夫か？」

「うん。僕は大丈夫だよ。子どもたちに早く会えるのも嬉しいし、ウィルがついててくれるならなんの心配もしていないよ」

「ああ、私がいつでも傍にいる。ルカは何も心配しないでいい」

正直言うと、ほんの少し手術を怖いと思う自分がいる。

だけど、ウィルへの揺るぎない信頼と安心が僕を頑張らせてくれる。

それにやっと会いたい人に会えるんだ……

君に会えるのをずっと楽しみにしていたんだよ、ルカ。

公爵家の中に手術室を設け、手術にはウィルも立ち会うことになった。

「ルカさま、本日の体調はいかがでございますか？」

「えっと……」

「指示通り、昨日の夕食後からは何も食していない。睡眠は昨夜はいつもよりはよく寝ていたな。起きる回数も少なかった」

相変わらず、僕より詳しい。本当に良い旦那さんだ。

「よくお眠りになられたのはようございました。睡眠不足ですと、体力に影響が出てしまいますからね。それではそろそろ手術に入ります。こちらをお飲みください。お腹にだけ麻酔をいたします」

渡されたその薬を飲んでしばらく待っていると、ジョージ先生がウィルに声をかける。

「ウィリアムさま。ルカさまのお腹に触れてください」

「こうか？」

ウィルがお腹を撫でるような仕草をしているけれど、僕には何も感じない。

それどころかお腹の赤ちゃんたちが動いている感覚もない。

少し心配になって見てみると、お腹はいつものようにポコポコと動いている。

すごいな、本当に僕が感じないだけなんだ。

「麻酔が効いたようですね。それでは、お腹から赤ちゃんを取り出します。ルカさまはゆっくりとベッドに頭をつけて天井を見ていてくださいね」

前にも言われていたけれど、手術の時は血がかなり出るそうだ。それを見て体調が悪くなるといけないから、あまり目にしないようにと言われている。

ウィルは騎士団で医術もやっていたらしく、血にはかなり耐性があるらしい。だからこそ立ち合いを許してくれたのかもしれないな。

ジョージ先生の助手としてしっかり出産に立ち会うから、と言ってくれてすごく心強かった。

ああ、やっと赤ちゃんたちに会えるんだ。長かったようで短かった妊夫生活だったな。

でもすごく楽しかった。


「オギャーッ、オギャーッ‼」

ウィルと過ごした楽しい妊夫生活を思い返していると、元気で可愛らしい声が僕の耳に飛び込んできた。

「ルカッ‼　一人目が生まれたぞ‼　すぐに次も生まれるから‼」

「オギャーッ！　オギャーッ‼」

しばらくすると、さっきよりもさらに元気で可愛らしい声が聞こえてきた。

僕とウィルの双子が生まれたんだ‼

「ルカ！　二人ともすごく元気な男の子だぞ‼　ほら、見てごらん。まだ少し血がついているが可愛いぞ」

真っ白なバスタオルに包まれた小さな赤ちゃんたち。

あっ、こっちの子がルカだ。間違いない！

「か、わいい……っ、僕とウィルの赤ちゃんたちだ」

「ああ、すぐに綺麗にしてまた連れてきてもらうからな」

手術室の隣にある部屋にはセスとアシュリーさんが待ちかまえている。

お父さまと国王さまも入りたいと言ったらしいけれど、ジョージ先生に二人までと言われて、話し合いの結果、どうやら負けてしまったらしい。

準備万端でお清めをしてくれるセスとアシュリーさんに赤ちゃんたちを渡し、すぐにウィルが戻ってきた。その間に僕のお腹の縫合も無事に終わった。

「ルカさま、こちらのお薬を飲んでしばらくこちらでお休みください」

ジョージ先生が赤ちゃんの元へ向かうと、ウィルは僕の顔が見える位置に来て、優しく僕の肩を抱きしめた。

「ルカ、お疲れさま。可愛らしい子たちを産んでくれてありがとう。さっき、まだ生まれたての子が小さな手で私の指を握ったんだ。愛おしくて愛おしくてたまらなくなった。私はルカと出会えて本当に幸せだ。ルカ、愛してるよ」

「ウィルと僕の赤ちゃん、すごく可愛かったね。僕と結婚してくれてありがとう。僕もウィルを愛してるよ」

「ルカ……」

涙に濡れたウィルとのキスは、ちょっぴりしょっぱかった。

「あっ、そうだ！　ウィル、子どもたちの名前、考えてくれた？」

「ああ。言われた通り考えてみたが、本当に私がつけていいのか？　ルカもつけたい名前があるのではないか？」

「ううん。子どもたちを無事に出産ができたのはウィルのおかげだもん。だからウィルに名前をつけてほしいんだ」

僕のお腹に宿った二人に、ウィルが心を込めて最初の贈り物をする。

それがあの子たちにとって最高の幸せとなるはずだから。

「ありがとう。ルカ。じゃあ、そうさせてもらおう。最初の子の名前は『リヒト』、そしてルカの生まれ変わりの子は『レイ』だ。『ルカ』という名前は光を齎す者という意味だから、同じように光に関する名前にしたんだ。この二人が自分の人生も、そして周りも明るく照らしてくれるような人になるようにという意味を込めた。どうだ？」

「わぁ、素敵な名前！　すごくいいよ！」

「ルカがそう言ってくれて嬉しいよ」

『リヒト』『レイ』、二人がこれから明るく光り輝くような幸せな人生を歩んでいけますように……

後日譚　愛をありがとう

リヒトとレイを出産してまだ身体が万全ではない僕の代わりに、お父さまやセス、それにアシュリーさんが二人のお世話をしている。

それはとてもありがたいけれど、やっぱり僕も二人のお世話がしたい。

そんな僕の気持ちを理解してくれて、一日に数回の授乳は僕が担当になった。

秘薬のおかげで僕からミルクが出るようになったけれど、まだ万全な体調ではない僕一人で二人を一度に授乳するのはかなり難しい。

だから、向かい合わせに座ったウィルがリヒトとレイを支えて、ミルクを飲ませることができている。この授乳の時間は僕たち親子水入らずの大切な時間だ。

「んくっ、んくっ」

ウィルにそっくりなリヒトは力強く飲みっぷりもいい。勢いよく飲んで、満足そうに口を離し「けぽっ」と自分でゲップをするとそのまま眠ってしまう。

「んっ、んくっ、ちゅっ、ちゅっ」

ルカの生まれ変わりのレイは途中で遊びながらも長々と飲み続け、そのまま眠ってしまう。

それをウィルが優しく抱いて背中をトントンすると、「くぷっ」とゲップをして再び眠りにつく。

「双子だけど、飲み方も眠り方も全然違うね」

「ああ。だが、どちらも可愛い」

「うん。そうだね」

ウィルが愛おしそうにリヒトとレイを優しく抱きかかえて、二人用のベビーベッドに寝かせる。

その表情はこの上なく慈愛に満ちていて温かい。僕《カイト》はこんなに優しいお父さんの姿を知らない。カイトの継父は理不尽に怒鳴り、殴り、そして、最後の最後までカイトを傷つけた。カイトの記憶の父親は恐ろしい存在でしかなかった。

「ルカ？　どうした？」

カイトの記憶を思い出して不安な顔をしていたのかもしれない。

戻ってきたウィルが僕を優しく抱きしめた。

「ううん。なんでもない」

「なんでもないという表情ではなかったぞ。私にはなんでも話してくれ」

ウィルには隠し事はできない。いつだって僕を見てくれているから、リヒトやレイに向ける愛情と同じだけのものを僕にも向けてくれるんだ。

「こんなにも可愛い子どもを死ぬまで傷つけるって、どんな気持ちだったのかなって……」

「――っ！」

「あ、ごめん。せっかくの家族団欒の時間だったのに」

「いや、私が話してくれって言ったのだから気にしなくていい。だが、その答えは私たちには一生わからないよ。私もルカも、リヒトとレイを心から愛しているからな。だから、答えの出ないことを考える必要はない。ルカは今まで通り、リヒトとレイに愛情を注げばいいんだ」

僕たちには一生わからない。本当にそうだ。リヒトとレイには一生笑っていてほしいとしか思えないんだから。

「私はいつだってルカの味方だ。カイトも含めてルカの全てを愛しているよ。だから、カイトを愛していなかった者のことなどもう忘れろ」

「うん。ウィル、ありがとう。ウィルがルカもカイトも愛してくれて本当に嬉しい」

「ルカ……」

「ウィル、愛してる」

僕は自分からウィルの唇に自分のそれを重ねた。

ちゅっと軽い音がして離れると、「もう一度いいか?」と尋ねられ、答える前に唇が重なってくる。

ウィルの優しいキスにすっかり蕩けてしまっていた僕の耳に可愛い声が飛び込んでくる。

「ふぇっ、ふぇっ」

「あ、リヒトが泣いてる」

泣き声だけでわかるのも愛情なのかもしれない。

ウィルは少し残念そうにしながらも笑顔でリヒトを抱き上げにいった。

するとリヒトがいなくなったことに気づいたのか、レイも泣き始めた。

ウィルは両手に二人を抱っこして僕の元に戻ってきた。

「ここでしばらく一緒にいようか」

「うん。いいね」


不幸だったカイトはもういない。

自分を愛してくれる人がここにいる。

その幸せを感じながら、僕はウィルと共にリヒトとレイの親としての新しい人生を歩き始めた。

ハッピーエンドのその先へ ー
ファンタジックなボーイズラブ小説レーベル

&arche NOVELS
アンダルシュノベルズ

おれは神子としてこの世界に召喚され——
えっ、ただの巻き添え!?

巻き添えで
異世界
召喚されたおれは、
最強騎士団に
拾われる
滝こざかな
逆月酒乱
最強騎士団双翼の
止まらぬ溺愛

巻き添えで異世界召喚されたおれは、最強騎士団に拾われる1～4

滝こざかな ／著
逆月酒乱／イラスト

目を覚ますと乙女ゲーム「竜の神子」の世界に転移していた四ノ宮鷹人。森の中を彷徨ううちに奴隷商人に捕まってしまったが、ゲームの攻略キャラクターで騎士団「竜の牙」団長のダレスティアと、団長補佐のロイに保護される。二人のかっこよすぎる顔や声、言動に萌えと動揺を隠しきれない鷹人だったが、ひょんなことから連れられた先の街中で発情状態になってしまう。宿屋の一室に連れ込まれた鷹人が一人で慰めようとしていたところ、その様子を見たダレスティアが欲情し覆いかぶさってきた!?　さらにそこにロイも参戦してきて——!?

詳しくは公式サイトにてご確認ください。
https://andarche.alphapolis.co.jp
異世界BLサイト“アンダルシュ”
新刊、既刊情報、投稿漫画、X（旧Twitter）など、BL情報が満載!

この作品に対する皆様のご意見・ご感想をお待ちしております。
おハガキ・お手紙は以下の宛先にお送りください。

【宛先】
〒150-6019 東京都渋谷区恵比寿4-20-3 恵比寿ｶﾞｰﾃﾞﾝﾌﾟﾚｲｽﾀﾜｰ 19F
（株）アルファポリス　書籍感想係

メールフォームでのご意見・ご感想は右のＱＲコードから、
あるいは以下のワードで検索をかけてください。

アルファポリス　書籍の感想　検索

ご感想はこちらから

本書は、「アルファポリス」（https://www.alphapolis.co.jp/）に掲載されていたものを、
改稿、加筆のうえ、書籍化したものです。

わがまま公爵令息《こうしゃくれいそく》が前世《ぜんせ》の記憶《きおく》を取《と》り戻《もど》したら騎士団長《きしだんちょう》に溺愛《できあい》されちゃいました

波木真帆（なみき まほ）

2024年 12月 20日初版発行

編集－桐田千帆・大木 瞳
編集長－倉持真理
発行者－梶本雄介
発行所－株式会社アルファポリス
〒150-6019 東京都渋谷区恵比寿4-20-3 恵比寿ｶﾞｰﾃﾞﾝﾌﾟﾚｲｽﾀﾜｰ19F
TEL 03-6277-1601（営業） 03-6277-1602（編集）
URL https://www.alphapolis.co.jp/
発売元－株式会社星雲社（共同出版社・流通責任出版社）
〒112-0005 東京都文京区水道1-3-30
TEL 03-3868-3275
装丁・本文イラスト－篁ふみ
装丁デザイン－AFTERGLOW
（レーベルフォーマットデザイン―円と球）
印刷－中央精版印刷株式会社

価格はカバーに表示されてあります。
落丁乱丁の場合はアルファポリスまでご連絡ください。
送料は小社負担でお取り替えします。

ISBN978-4-434-34983-6 C0093